真夜中のスナイパー　汚れた象徴

愁堂れな

幻冬舎ルチル文庫

CONTENTS ✦目次✦

真夜中のスナイパー 汚れた象徴

✦カバーデザイン＝高津深春（CoCo.Design）
✦ブックデザイン＝まるか工房

イラスト・奈良千春✦

真夜中のスナイパー　汚れた象徴

1

「えっと……確認させてもらいたいんだけど、警視庁捜査一課のもと刑事で、有能な探偵というのが、あなた、なのね？」

女性もある一定の年齢をすぎると、物言いに容赦がなくなる——などというと、フェミストの風上にもおけないと怒られるに違いないが、今まで料金体系など詳細を俺が説明していた推定年齢四十代半ばの女性は、まさに容赦なく、その上訝《いぶか》しさを隠そうともしないという思いやりのなさを発揮しながら俺にそう問いかけてきた。

「はい。そうです」

自分で言うのも悲しいが、俺は強面《こわもて》ではないし、三十一歳という実年齢より随分若く見えるらしく、クライアントに『頼りない』という印象を与えがちである。

加えて、もと公務員という経歴上、あまり愛想のあるほうではなく——などというと全国の公務員からクレームが出そうだが——クライアントにこの事務所に依頼したい、という思いを抱かせる確率が著しく低かった。

今回もおそらく、断られるんだろうなあ、という、あまり当たってほしくない俺の予想は、やはり当たったようだ。

「ちょっと考えるわ。どうもありがと」

見事としかいいようのない引き際を見せた女性が、さっとソファから立ち上がり後ろを振り返ることなく事務所を出ていく。

「ありがとうございました」

俺が声をかけたときには既に彼女はドアの外におり、バタンと扉が閉まる音が空しく室内に響き渡った。

「やばいなあ……」

思わず俺の口からその言葉が漏れる。先週からアポイントメントが入っていた客三人、全員が依頼に結びつかなかった。このままだと家賃をまた滞納してしまうことになる、と、溜め息をつき、机上に飾ってあった俺と兄貴のツーショットの写真を見やる。

つい恨みがましく写真を睨《にら》んでしまったのは、兄の不在をそれこそ『恨みがましく』思っていたためだった。

この探偵事務所はもともと兄が始めた事務所である。その兄は今、『失恋旅行』中で、先週イタリアから絵葉書が届いたばかりだった。

俺の兄は筋金入りのゲイであり、兄の親友にして築地《つきじ》のこの事務所兼住居の家主でもある高橋春香《たかはしはるか》をして『こんなビッチ、見たことない』という賞賛？　の声が上がるほどに惚れっぼく、加えて惚れた相手すべてと心と身体《からだ》を通わせることができる、ある意味特異な能力を持つ人物だった。

三十八歳という結構な年齢にもかかわらず——失敬——見た目は二十歳そこそこ、俺より年下に見える上に、超がつくほどの美貌の持ち主である。

性愛の対象は男性に限られるというのに、兄は女性にも実に愛想良く応対する。彼が一人でこの探偵事務所を切り盛りしていた頃は、それなりに流行《はや》っていたのだ。

だが、俺が三年前に『ある事情』から警察を辞め、探偵事務所を手伝うようになってから、兄の悪い病気が出た。『惚れっぽい』病である。

代理が誰もいない状態では兄の責任感はそれなりに働いていたのだが、俺という『代理』ができてから彼は、それまでの彼の人生で最もプライオリティの上位を占めていた『恋愛』に走るようになった。

惚れっぽいが飽きやすくもある兄は、恋人に飽きると『失恋したー』と、いかにも相手にふられたような態度を取り、この家に逃げ帰ってくる。相手にしてみれば『どっちが！』と言いたいところだろうが、そこは兄の人徳なのだろうか、修羅場といわれる状況に陥ったことは今までないようだ。

話がすっかり長くなった。そういった理由で、探偵事務所の窓口担当である兄の不在が、今やこの『佐藤《さとう》探偵事務所』に経済的困窮をもたらしているのだった。

前述の春香曰く『天使の微笑《ほほえ》み』を武器にした兄は、依頼人はおおかた女性であるにもかかわらず、俺のように逃げられたことがない。百パーセントの受注率を誇る上に、仮に満足のいく結果とならなくとも、兄が報告した場合、クレームゼロ、という実績を誇っていた。男だけじゃなく女をも誑《たら》す兄のようになろう、などという気持ちは最初から持ってはいないが、断られ続けてもう三人、というこの状況には、少なからず俺も落ち込んでしまっていた。

今月もあと一週間で終わる。せめて月中に一件でも成約したい。そうじゃないと今月の家賃もまた春香に払えない、と気持ちばかり焦るが、そのためには何をしたらいいのかとなると、途方に暮れてしまう。

『話し方講座』にでも行くか。しかしそれも気の長い話だ、と溜め息をついたそのとき、事務所のドアをノックする音が響いた。

「はい、開いてますよ」

大声を上げてから、しまった、と慌てて立ち上がる。こういうときに兄ならすかさずドアへと駆け寄り、自ら開けていたことだろう。

ドアの外にいるのはアポなしの依頼人なのかもしれないんだし、と、遅まきながら俺がドアに向かおうとしたそのとき、ドアが静かに開き、一人の若い女が顔を覗かせた。

「あの……アポイントメントを取っていないのですが、よろしいでしょうか？」

「……あ、ええ、勿論《もちろん》」

返事が一瞬遅れたのは、思わずその女性に見惚《みと》れてしまったせいだった。部屋に入ってきたその若い女性は、一言でいうと絶世の美女だったのだ。

抜けるような白い肌に、黒い瞳が印象的である。華奢《きゃしゃ》ではあるが背は結構高く、百七十近くあるようだ。腰まである長い艶やかな黒髪が特徴的だ。

長身ゆえ、モデルかもしれないと、まじまじと顔を見やる。オリエンタルな雰囲気から、流暢《りゅうちょう》な日本語は喋っているがもしや日本人ではないのでは、という俺の勘は、おそらく当たっているに違いない。

「失礼します」

会釈し、室内に入ってきた女性は身のこなしも美しく、やはりモデルかもなと思いながら俺は彼女を来客用のしょぼいソファへと導いた。

「コーヒーか紅茶、何がよろしいですか？　日本茶もありますが」

別に相手が滅多に見ないほどの美人だったからというわけじゃない。当探偵事務所も依頼人に対しこの程度のサービスはしているのだ。が、美女はその『サービス』を一言のもとに拒絶した。

「いえ、結構です。それより依頼内容を聞いていただきたいのですが」

「わかりました。どのようなご依頼でしょう？」

相当気が急《せ》いているようだと思いつつ、彼女の前に座る。妙齢の女性がそうも焦る内容は、ご主人もしくはパートナーの浮気、それ以外に考えられなかった。

しかしこんな美女と付き合っているのに浮気とは、と内心の驚きを押し隠し、黒髪の美女に尋ねる。が、美女が返してきた言葉は俺の予想をまったく外したものだった。

「人を探してもらいたいのです。華門饒《かもんじょう》という男を」

「……え？」

驚きのあまり絶句した俺の前で、女が同じ言葉を口にする。

「ですから、華門饒という男の行方を探してほしいのです」

「華門……饒……」

思わずその名を繰り返した俺の脳裏には、この三ヶ月というもの連絡を取ったことのない――それでいて連絡を取りたいと切望していた男の顔がまざまざと浮かんできていた。

華門饒。推定年齢三十代半ば。職業は――殺し屋、である。

彼と俺の出会いは今から三ヶ月ほど前に遡る。二人の関係は当初、殺し屋とそのターゲット、という信じがたくも恐ろしいものだった。

通称『ジョーカー』もしくは『J・K』、名うての殺し屋であると評判の彼と対面して俺が死なずにすんだのは、本当にラッキーとしかいいようがない。

というのも、己の名を明かさずに俺の殺人を華門に依頼した人物が、他の殺し屋にも同じ依頼をしていたそうで、それが華門に知れ、殺し屋としてのプライドが傷ついた彼が俺に、俺を殺そうとした依頼人が誰か、心当たりはないかと尋ねてきたのだった。

勿論、俺には『殺される』心当たりなどまるでなかったのだが、調べるうちに三年前に俺が警察を辞めざるを得なくなった事件が関連していたことがわかった。

結局依頼人が誰であるかを突き止めた華門は、その人物に金を突き返して依頼を断ったため、『ターゲット』としての俺との関係も切れた――はずなのだが、彼と共に過ごすうちに、殺し屋という恐ろしい職業についているにもかかわらず、ある種ズレてるとしかいいようのないおとぼけ感とか、時折垣間見える意外としかいいようのない優しさとかにいつしか惹かれていく自分がいた。

華門の気持ちはわからない。だが、『もう会えないのか』と問うた俺に彼は、携帯電話の番号を教えてくれた。

鳴らせばすぐにやってくる、というその番号にかけると、本当に彼は風のような速さで俺の前に現れ、驚かされたものだ。

番号を教えてもらってから俺は二度、電話をかけた。一回目は教えてもらった直後、この番号が果たして本当に華門のものであるのかを確かめたかったため――鳴らした途端に本人が現れ、疑った自分を恥じた――もう一回はその一週間後に、まだこの電話は通じるだろうか、と心配になりかけてみたのだった。

電話は通じ、通話して五分で彼は俺の前に現れた。久しぶり、系の挨拶も何もないままに抱かれ、気がついたときには既に華門は姿を消していた。

その後、彼の携帯に電話をかけたことはない。かけたいと思わなかったといえば嘘になるが、かけるのが怖いという気持ちが勝った。

怖い――というのとは少し違う。『躊躇《ためら》う』という表現が正しいだろう。華門に電話をかけ、彼と会う。その行為に自分が何を求めているのか、そもそもなぜ自分は華門と『会いたい』と思うのか、その動機をこれと理解することを俺は躊躇ってしまっていた。

躊躇う理由はおそらく、自分が同性に惹かれていることを認めたくない、という思いに加え、華門とのセックスが必要以上に――という表現は妙だが――『いい』ということもまた、その一つだった。

失神してしまうほどの快感を得られるから華門に会いたい、というわけでは決してないのだが、それでは彼とのセックスをまったく期待していないのか、と問われると、決まってるじゃないか、と反論する自信はない。

だが、気持ちも、そして身体も、華門に惹かれているということを認めるのは、三十一年間、同性を性愛の対象として見ていなかった俺のアイデンティティーに反するように思え、それで俺はそれらの考えから目を背けてしまっていたのだった。

その華門を、この女性は探しているという。一体どういった理由からなのだろう、と俺は思わずまじまじと、麗《うるわ》しいとしかいいようのない女性の顔を眺めた。

「写真はあります。随分前に撮ったものなので、もしかしたら人相が少し変わっているかもしれませんが」

美女はその美貌ゆえ、顔を凝視されることに慣れているのか、俺が自分でもやりすぎだろうと思うほどにガン見しているにもかかわらず俺の視線をまるで無視し、手にしていたケリーバッグを開くと、一枚の写真を取り出し俺の前に置いた。

「…………」

写真に写っていたのは、俺の知る華門、その人だった。随分前の写真だということだったが、少し髪は短いものの、顔立ちも表情も、そして黒ずくめの服装もまた、今の彼とまるで同じに見えた。

これで同姓同名という可能性は消えた、と察したと同時に、なぜこの美女が華門を探しているのだという好奇心がむくむくと沸き起こってくる。

「あの、失礼ですがこの『華門饒』とは、どういった人物なのですか？」

問いかけると美女は、にっこりと微笑み首を傾げつつ口を開いた。

「申し上げないと、探してはもらえませんか？」

「あ、いや、そういう意味ではなく、名前と写真しかわからない状態よりも職業やら人となりやらがわかったほうが、探しやすいと思ったものですから……」

慌てて言い訳をすると美女はまたにっこりと微笑み、俺の求めていた答えではない新たな情報を口にした。

「彼は今、日本に――この東京にいます。それは確かです。どうでしょう。お引き受けいただけませんか？」

「いや、お引き受けするにしても、情報がそれだけでは……」

ぶっちゃけ、華門の行方は彼の携帯に電話をかければその瞬間にわかる――この三ヶ月の間に彼が番号を変えていなければ、だが――というのに、俺がそうも粘ったのは、この美女がなぜ華門の行方を探しているのか、その理由を知りたかったからにすぎない。それを見透かされたのだろうか、美女はまたもにっこり笑うと、ケリーバッグの口を開き、白い封筒を取り出した。

「こちらは前金になります。足りないようでしたら仰ってください。また、彼を早く見つけてくださればそれだけ報酬は上乗せします」

そう言い、テーブルの上に封筒を置くと、すっと俺へと差し出してくる。

「はあ……」

どう見ても封筒は分厚かった。全部千円札という可能性はあるにはあるが、そんなオチを期待させるビジュアルをこの美女はしていない。手を伸ばし、封のされていない封筒の中を見て驚いた。一万円札がピン札でざっと五十枚ほど入っているようである。

「多すぎますよ」

慌てて封筒を突き返そうとしたが、美女は笑顔で首を横に振りそれを退けると、

「いかがでしょう？　お引き受けいただけますか？」

とじっと俺の目を見つめ、問いかけてきた。

「…………」

どうするか、と迷ったのは、この依頼がどう考えても『ヤバそう』だったからだ。言っちゃなんだが、都内に探偵事務所はそれこそ星の数ほどある上、ウチがずば抜けて評判がいいということはない。それどころか、ホームページとイエローページに『警視庁捜査一課のもと刑事がやっている探偵』と掲載しているおかげで一日に数件問い合わせがある程度の、無名も無名、知名度はゼロといってもいいような事務所だ。

なのになぜ、彼女はウチに依頼をしようとしているのか。しかも五十万という、破格の手付け金を払ってまで、だ。

その依頼自体も謎だらけで、ただ『華門饒』という男を探してほしいというばかりで、華門がどんな人物であり、なぜ探しているのかも言おうとしない。

俺と華門の間に繋がりがあるのを知っているからこそ、彼女はここに依頼にきたのだろうか。だが、それならまずそのことを俺に聞かないか？　聞いたところで俺が『知らない』と答えると思ったのだろうか。まあ、そう答えるだろうけれど、それにしても——一瞬のうちにそれだけのことを考えていた俺に向かい、美女が、どうする、というように小首を傾げてみせる。

どうするか——俺はもともと危機管理能力が高く、ヤバいときにはヤバい、という己の声が警鐘として頭の中で響く。今回もその警鐘はこれでもかというほど鳴り響いていたにもかかわらず、俺が返した答えは——。

「わかりました。この依頼、お引き受けいたします」

そう、ヤバそうだとわかっていながらにして、俺は美女に対し大きく頷いてしまったのだった。

「ありがとうございます。では、『華門饒』の居場所がわかりましたら……」

と、美女は俺に封筒と共に、いつの間に手にしていたのか、一枚のカードを差し出した。

それは日比谷《ひびや》にあるPホテルのカードで、ホテル名の下に手書きで『鈴木《すずき》』の名と携帯の電話番号が書かれていた。

「一週間ほど、このホテルに滞在していますので、お電話をくださった上で、ホテルまでいらしてください」

「わかりました」

五十万という大金とホテルのカードを受け取り頷きながら俺は、『鈴木』は偽名だろうと察していた。

試しに、と思い、ファーストネームを聞いてみる。

「失礼ですが下のお名前は」

「苑子《そのこ》です」

美女は即答したが、それは今は亡き美白の女王の名と同じだった。同姓同名という可能性もないではないが、おそらくぱっと頭に浮かんだ名を言ったのだろう。本人もまあ、抜けるような肌の白さを有しているが、と思いながらも俺は、

「ありがとうございます」

と礼を言い、用はすんだとばかりに出口へと向かっていく彼女を追い越し、ドアを開いてやった。

「どうも」

美女が——鈴木苑子が、にっこりと微笑む。見惚れずにはいられないほどの華麗な笑顔ではあったが、なぜかぞくりと悪寒《おかん》が走ったのは、美しいその目が少しも笑っていないことに気づいたためだった。

一体彼女はどういった人物なのか——改めてその疑問が沸き起こってきたそのとき、彼女

が出ようとしたドアの向こうからいきなり駆け込んできた人物がいたものだから、美女も、そして俺も驚き、二人して反射的に数歩下がった。

駆け込んできたのは、華奢な男だった。俺より十センチほど背が低く、少年のようななりをしている。

「大牙《たいが》〜！」

男の目には、ドアから出ようとしていたクライアントの美女の姿がしっかり映っていただろうに、一切視線をそちらへはやらず、俺の名を呼んだかと思うと胸に飛び込んできた。

「あの？」

訝しげに美女が眉を寄せ、俺を、そして俺の腕の中の男を見る。

「あ、すみません」

最初こそ驚いたものの、俺がこの突発事項に狼狽《ろうばい》していないのには理由があった。というのも、こういったシチュエーションはもう何度目と数え切れないほど経験していたためだ。

「大牙あ、また失恋した〜！」

俺の胸で泣きじゃくっているのは、誰あろう、俺の兄——まるで少年のようなビジュアルをしてはいるが、俺より七歳も年上の、三十八歳の兄、凌駕《りょうが》だった。

「……………」

いきなりわけのわからないことを叫んだ挙げ句、わんわんと泣き始めた兄を前に、美白の

美女は唖然としていたが、すぐに気を取り直したらしく、

「それでは失礼します」

と一礼し、開いたままになっていたドアから外へと出ていった。

「あ、ありがとうございました」

慌てて声をかけたが、そのときには既にドアが閉まっており、俺の声は多分彼女の耳には届いていまいと思われた。やれやれ、と溜め息をつきつつも、相変わらず腕の中で泣きじゃくっている兄の両肩を摑み、無理矢理身体を引き剝がす。

「兄貴、いい加減にしろよ。依頼人を脅かしてどうする？」

「ごめん……でも……でも……」

ぼろぼろとそれこそ『真珠のような』涙を大きな瞳から零《こぼ》し、ひっく、ひっく、と泣きじゃくる姿は、しつこいようだがとても三十八歳のおっさん——失礼——とは思えない。どう見ても二十代前半、下手すりゃ十代後半にだって見えるその顔は、まさに『宗教画に描かれた天使』そのものだった。

俺の両親も、そして俺も、ごくごく平凡な顔立ちをしているのに、鳶《とんび》が鷹を生んだとでもいうのか、兄は生まれたその瞬間から産院でも評判になるほどの綺麗な赤ちゃんだったそうだ。

『天使ちゃん』というのが兄の幼稚園でのあだ名であり、一人で外を歩かせると危ない人に

さらわれるから、と、共働きだった母の代わりに近所の主婦たちが順番に送り迎えをしてくれていたらしい。

小学校に上がっても、中学、高校に上がっても、学内ばかりか周辺の学校にまで評判が立つほどの美貌ではあったため、あとから同じ学校に入学する俺は、あの美少年の弟ならさぞかし綺麗な顔をしているだろうという過大な期待を常に外すことになり、なーんだ、とがっかりした目で見られる、という状況に何度となく陥っては、心に傷を刻んでいた——という
ほど実際は傷ついちゃいなかったが。

ともあれ、そんな美貌の兄ゆえ、学生時代から物凄くモテまくった。早いうちから自分は男にしか興味がないと察していたそうだが、親にカミングアウトできたのは高校を卒業してからだった。だが兄がカミングアウトするより前に『ビッチ』としかいいようのない奔放《ほんぽう》な性生活は至るところで噂になっていたようで、両親はまるで驚かなかったそうだ。

その頃、まだ俺は小学生だったので、さすがに兄の乱れた交友関係についての噂は耳に入ってこなかったが、兄が家に連れてくる同性の『友人』が毎回違うな、とか、連れてきたときには必ず俺は『外で遊んできて』と小遣いを渡されるな、ということくらいには気づいていた。

それが如何なる意味を持つかに気づくのにはあと十年ほど費やすのだが、それはさておき、俺は、いい加減に兄の涙を止めてやろうと、内心溜め息をつきつつ、できる限り優しい声音

で彼に話しかけた。

「おかえり、兄さん。兄さんが帰ってきてくれて嬉しいよ」

「大牙、ありがとう～」

と、それまで泣きじゃくっていた兄は途端に笑顔になり、再び俺の胸に飛び込んできた。

「僕がいなくて寂しかったろう？　ごめんね。一人にして」

「……あ、うん。まあね」

「もう大丈夫。僕、帰ってきたし。当分どこにも行かないつもりだし」

「……うん、よかった。嬉しいよ」

兄はこれでも、年長者としての責任を俺に対して感じてくれているらしい。そこを上手くついてやると、しっかりしなくては、という自覚も生まれるため仕事にも精を出すようになるのだが、今回も俺の目論見は無事、当たったようだった。

「仕事も頑張る。さっきのあの依頼人、なんだって？」

「あ、いや、その……」

途端に泣き止み、仕事への意欲まで取り戻してくれたのは有り難かったが、この件に関しては自分でやるつもりだったので、俺は慌てて首を横に振りながら、誤魔化しの言葉を口にしかけた。

「結局依頼には結びつかなくて……」

「それにしても、綺麗な男だったよね〜」

が、兄が唐突にわけのわからないことを言い出したので、思わず問い返してしまっていた。

「男？」

「うん、あれ、男だよ」

「なわけないだろ？」

素《す》っ頓狂《とんきょう》な声を上げた瞬間、バタンと物凄い音を立てて事務所のドアが開いたと同時に、

「凌駕〜！　おかえり〜!!」

ドアの開閉の音など霞むような大音響の声を上げ、弾丸のごとき勢いで、この事務所の大家にして兄の親友である春香が俺たちに駆け寄ってきた。

「あ、春香ー。久しぶり〜」

兄がへらへら——おそらくおおかたの男には無邪気な『にこにこ』に見えるのだろうが——笑いながら、俺の胸を離れ春香へと駆け寄っていく。

「なによ、また失恋したの？」

意地悪く兄に突っ込んだ『春香』は、言い忘れたが可愛い名前に似合わぬ男——というか『オカマ』なのだった。身長は百九十センチを超え、ビジュアルはハーフかクオーターと見紛うほどに整っているのだが、スキンヘッドに薔薇《ばら》のタトゥーを入れ、常に化粧を施している正真正銘のオカマ、かつゲイである。

「この間イタリアから、ラブラブな絵葉書くれたとこだったじゃない」

「やだ、それはもう言わないで」

忘れたいんだから、と兄が口を尖らせる。

「かわいこぶっちゃって」

春香もまた口を尖らせたが、身内贔屓《みうちびいき》を除いても、兄は『可愛い』、春香は『怖い』と評したい表情だった。

「かわいこぶってないもん」

「その言い方がもう、かわいこぶってるわよ」

くだらない、としかいいようのない言い合いを始めた二人だったが、やれやれ、と俺が溜め息をつきつつその場を離れようとすると、途端に兄が声をかけてきた。

「あ、大牙、さっきの依頼人の話、聞かせてよ」

「さっきの依頼人って、あのやたらと綺麗な男？　アタシがビル入るときにすれ違った、クロコのケリーバッグ持ってた……」

と、そこに春香がそうツッコミを入れてきたのに、俺はまたも驚き、

「うん、そう」

と頷いた兄と春香、両方に問いを発した。

「男？　女だろ？」

「違うよ。女装してたけどあれは男だよ」

「工事してるかどうかは、びみょーなところだったけどね」

兄と春香、二人してほぼ同時に発言した、その内容に俺は思わず、

「嘘だろー？」

と絶叫していた。

「嘘じゃないよ」

「百万かけたっていいわよ」

途端に二人からそう、言葉が返ってくる。

「僕は一億かけてもいいよ」

「あーら、それならアタシは十億」

またもくだらない、としかいいようのない張り合いを始めた二人に俺は、

「本当に？」

と尚も確認を取ってしまった。

「男だよ。間違いない」

「トラちゃん、アタシや凌駕の目を疑うっていうの？」

「いや、疑ってるわけじゃないけど……」

どう見ても女、しかも絶世の美女だと思った、とぼそぼそと続ける俺を見て、兄と春香、

二人して、わざとらしいくらいに『やれやれ』と言いたげな溜め息をつく。

「まだまだ大牙も世間知らずだなあ」

「ほんとにねえ。悪い男に騙されないといいけど」

「……いや、騙されませんから」

この二人に呆れられるようじゃ世も末だ、という思いを心の中にそっと仕舞い、俺はなんとか兄のやる気を削ぐべく、嘘の説明を口にした。

「それにあの女性——男性は、依頼はせずに帰ったんで。兄さんがやる気になってくれたのは有難いんだけど」

「えー、だって大牙、さっき『依頼人』って言ったじゃない」

兄が、なんでそんなことを覚えてるかな、というツッコミをしてくるのを、

「いや、依頼人になりそうでならなかった人だから」

となんとか誤魔化す。

「そうそう、トラちゃん、クライアントを逃がしてばっかりで、先月から家賃滞納してるのよ」

と、その意図はなかっただろうが、春香がそう言い、俺の『嘘』を本当らしく見せてくれた。

「滞納なんてしてるの？　駄目じゃないか」

途端に『兄』の顔になった兄が、俺を厳しい目で睨む。

「面目ない」

「やっぱり、大牙は僕がいないと駄目だなあ」

確かに、家賃滞納は申し訳なかった、と頭を下げた俺の耳に、またも『やれやれ』と言いたげな兄の溜め息がその発言と共に響く。

「もういい歳なんだから、一人でなんでもできるようにならなきゃ駄目だよ？」

「…………はい……」

その言葉、そっくりそのまま返してやりたい、というような説教を口にする兄を前に殊《しゅ》勝《しょう》に頭を下げながらも俺は、兄がどうやら先ほどの美女——ではなく、兄と春香の言葉を信じれば『工事しているかどうかは微妙な女装の美男子』だが——が依頼をせずに帰った、という俺の嘘を信じてくれたことに、ほっとしていた。

と同時に俺の胸には、あの女装の男と華門とは、一体どういう関係なのか、という疑問が、今すぐにでもそれを解明したいという勢いで沸き起こっていたのだった。

2

その後、春香が兄の『おかえりなさい会』をすると言い出し、俺にも声がかかったのだが、

「悪いけど、ちょっと仕事があるから」

と断り、一人事務所に残ろうとした。

「仕事～？」

俺以上に探偵の素質があるんじゃないかと思われるほどに勘の良い春香は、俺の嘘を即座に見抜き、しつこく絡んできた。

「トラちゃん、デートでしょう、違う？」

「え？　大牙、恋人できたんだ。男？　女？　どっち？」

と、横から兄が割り込んできて、俺はそのまま二人に取り囲まれ、事務所を出るどころではなくなってしまった。

「女よねえ？　今までトラちゃんが付き合ったの、女ばっかだったじゃない。しかも気の強そうなタイプばっかで、ああ、押しきられて付き合ってるんだろうなあと思ってたわよ」

「いや、そういうわけじゃ……」

勘が良いばかりでなく、観察力にも優れている春香は本当に、探偵向きだと思う。俺の彼女と顔を合わせたことなど殆どないだろうに、かなり正確なところを言い当てられ、むっとして言い返そうとしたとき、兄の口からとんでもない発言が飛び出し、言い返すどころではなくなってしまった。

「えー、だって大牙、ちょっと雰囲気変わったじゃない。だから男ができたのかなーと思って」

「なっ」

思わず絶句した俺を見て、今度は春香が絶叫する。

「えーっ？　マジ？　マジなの⁉」

俺のリアクションから、兄の言葉に信憑性《しんぴょうせい》ありと踏んだらしい春香は、ぼんやりしている兄に代わって俺を物凄い勢いで追及し始めた。

「ちょっとトラちゃん、あんた、男できたの？　いつよ？　いつの間に？　全然そんな素振り、見せてなかったじゃないのよう」

「お、落ち着いてくれよ。男なんかできちゃいないって」

慌てて否定した俺に対し、兄がやけにきっぱりと言い放つ。

「嘘だ。大牙は嘘つくとき、目が泳ぐもん。今だって目、泳いでるし」

「えー、それじゃやっぱり、オトコができたの？　やだー、全然気づかなかったわよう。で、

「どんな彼氏？　イケメン？　トシは？　あ、もしかして、ロシアン??」

兄の発言にますます春香が興奮し、きらきらと目を輝かせ俺に問いかけてくる。

「だから男なんてできてないって。それになんで鹿園《しかぞの》なんだよ」

あり得ない、と俺は迫ってくる春香を押しやり、兄を、そして春香を、馬鹿なことを言うな、とばかりに睨みつけた。

「お前が隠したいという気持ちは尊重するけど、打ち明けてもらえないって、お兄ちゃん、寂しいな」

「だってロシアンの長年の切ない片思いがやっとかなったと思ったんだもーん」

二人はそれぞれにリアクションに困る言葉を口にしながら、俺へと詰め寄ってくる。

「だからそういう事実はないって！　それじゃ、いってきます！」

そんな二人をほぼ強引に振り切ると俺は、二人の非難の声を背に事務所を飛び出した。

兄貴と春香が事務所からいなくなったあと、俺は三ヶ月ぶりに華門の携帯に電話をしようとしていた。が、あのままではいつ二人に解放されるかわからないと思い、外に出ることにしたのだった。

兄や春香に気づかれずに華門とコンタクトを取るにはどこがいいかと考え、事務所近くのホテルに華門を呼び出そうと決めた。

まずはチェックインを、とホテルに向かう。電話をし、待ち合わせ場所を決めればいいと思われるだろうが、華門は電話をした瞬間、俺の目の前に現れる確率が高いのだ。

GPS機能を駆使しているのかもしれないが、そのスピードたるや常識を越えるものであったため、人目を避ける意味で俺は、ホテルの客室を抑えることを第一順位に置いたのだった。

徒歩にして十分ほどのホテルにはすぐ到着した。予約はないが、これからチェックインしたいというと、既にチェックインできる時間を過ぎていたため、すぐにツインの部屋を用意してくれた。

部屋に通され、二つのベッドを見た途端に俺の頬に血が上ってくる。シングルにすればよかった。ツインを取ったということは、『二人で』泊まることを想定してるみたいじゃないか、とフロントに迷いもなく『ツイン』と言ったことを後悔した。

が、後悔先に立たず。ともかく電話だ、と俺は携帯を取り出すと『謎』のカテゴリから華門の番号を呼び出し、コールする。

一回、二回——三ヶ月ぶりにかける番号がまだ生きていたことに安堵しつつ、コール音を聞く。だが、安堵するのは華門が電話に出たあとだ、と思っていた俺の耳に、がちゃ、とドアが開く音が響いた。

「……え？」

このホテルの客室はオートロックであり、カードキーを持っていない限りドアを開けることはできないはずだ。

だがそれを難なくやってのけたのはもしかして、とそのほうを見やった俺の目に飛び込んできたのは、予想どおりの男の姿だった。

「久しぶりだな」

にっと笑いながら大股で俺へと近づいてきた男の声が、耳を押し当てていた携帯の向こうからも響いてくる。

「華門……さん……」

名を呼んだと同時に俺は抱き締められ、唇を塞がれていた。

「ん……」

三ヶ月――華門と会わない期間はそれだけあったというのに、まるでそのブランクを感じさせない濃厚なキスに、理性の箍《たが》が外れていくのがわかる。

きつく舌を絡め合ううちに、俺の足がもつれ、そのまま傍らのベッドへと倒れ込む。今日、彼を呼び出したのはセックスをするためじゃない、話を聞くためだ、という考えが頭に浮かんでいたにもかかわらず、俺の両手はしっかりと華門の背へと回っていた。

華門の手が実に器用に動き、俺から次々と服を剝ぎ取っていく。俺はあっという間に裸に剝かれたというのに、華門の服装に乱れがない。それがなんとも悔しくて、彼のコートのボタンを外そうと手を伸ばしたそのとき、華門の繊細な指が俺の乳首をきゅっと摘み上げた。

「あっ……」

恥ずかしいくらいの高い声が唇から漏れ、はっとして唇を嚙んだときには、華門は俺の裸の胸に顔を埋め、もう片方の乳首を口に含んでいた。

「やっ……やめ……っ」

ちゅう、と音が立つほどの勢いで強く吸われたあと、ざらりとした舌が俺の胸を襲う。もう片方の乳首をきゅっと抓《つね》られながら、軽く歯を立てられたのに、電流のような刺激が背筋を駆け抜け、俺を一気に快楽の淵へと追い落としていった。

「や……っ……あっ……あぁっ……」

両胸を指で、唇で、舌で、そして時に歯を立てて攻められるうちに、俺の肌は熱し、雄にはどくどくと血液が流れ込み、一気に硬さを増していく。

「あぁっ……」

その雄をぎゅっと握られ、堪らず腰を捩《よじ》ろうとしたのを、体重で押さえ込まれる。早くも後ろが疼いてきた己の身体を持て余していたのは俺ばかりで、華門はわかったというように頷くと両脚の間から手を差し入れ、後孔に指をぐっと挿入してきた。

「ん……っ」

乾いた痛みに身体が強張ったのは一瞬だった。華門の指が入り口近くにある前立腺をあっという間に探り当て、そこばかりを圧してくるその動きに、勃《た》ちきっていた雄の先端から先走りの液が滴り落ちる。同時にコリッと音がするほど強く乳首を嚙まれた俺の口から、自分でも驚くような高い声が漏れていた。

「あぁっ」

ＡＶ女優じゃあるまいし、なんて声を上げてるんだ、と瞬時にして我に返り、唇を嚙む。が、華門はちらと俺を見上げただけで、後ろに入れた指を活発に動かし続けた。

「やっ……あぁっ……あっ……」

いつしか二本挿入されていた指が俺の中をぐちゃぐちゃと乱暴なほどの勢いでかき回し、彼の舌が、唇が俺の乳首を刺激する。自分の後ろがまるで別の意志を持っているかのようにひくひくと蠢《うごめ》き、華門の指を締め上げるのがわかった。

懐かしい——そう、懐かしい感覚だった。華門と最後に会ったのが三ヶ月前、それから今日までの間、男に抱かれたことは当然ない。男どころか、女も抱かなかった。セックスをするのが三ヶ月ぶりゆえ、性的快感に身を委ねるのも久々であった、という以上に、アナルを弄《いじ》られ欲情を煽られていく感覚が、一気に俺の中で三ヶ月という時の経過を縮めていった。

「あっ……」

一気に指が抜かれ、ジジ、とファスナーを下ろす音が耳に響く。

「……え……」

いつしか閉じていた目を開いたのと、華門が俺の両脚を開かせた状態で抱え上げたのが同時だった。既に勃ちきっている彼の雄が己の後孔へと押し当てられたのが、両脚の間から見えた。

「うっ……」

　ずぶり、と華門の雄の先端がめり込んでくる。途端に俺の後ろが、まるでその感触を待ち侘びていたかのようにひくつき始め、堪らず腰を捩る、そんな自分に戸惑いを覚えたあまり、俺はつい華門を見やってしまった。

「…………」

　華門は俺の視線を受け止めたあと、唇の端を上げるようにして微笑むと、両脚を抱え直し一気に腰を進めてきた。

「あぁっ」

　奥底まで勢いよく貫かれた俺の口から、高い声が放たれる。内臓がせり上がるほど深いところに華門の太い雄を感じた次の瞬間、激しい突き上げが始まった。

「あっ……あぁっ……あっあっあっ」

　下肢同士がぶつかり合うときに、パンパンという高い音が響き渡るほど、勢いよく、そして速いピッチで華門が腰を打ち付けてくる。亀頭に内壁を擦られることで火傷しそうなほどの摩擦熱が生まれ、その熱はあっという間に内側から俺の全身を焼いていった。

「やあっ……もうっ……ああっ……」

三十路をすぎれば勿論童貞ということもなく、人並みに女性経験はあるつもりだったが、セックスで得られる快感とは射精するその瞬間のみと思っていた。

だが華門と出会い、彼に抱かれて初めて俺は『快感』は持続するものなのだと悟ったのだった。いけそうでいけない、ぎりぎりの絶頂感がこうも延々と続くことに、本能的な恐怖を覚え、またも俺は華門を見上げた。

「…………」

激しく動いているはずなのに、華門は息一つ乱していなかった。そればかりか、スラックスの前をはだけさせているだけで、服装にも髪型にも乱れたところはどこにもない。全裸にされ、脚を大きく広げさせられた無様な格好の上に、汗や先走りの液で全身をぐしょぐしょに濡らしている俺とはまるで違う端正な彼の身なりにまたも劣情を煽られ、もう我慢ができなくなった。

「いかせて……っ……あっ……いかせてくれ……っ……」

堪らず叫び、華門を見る。と、彼は動きを止めることなく、唇の端だけ持ち上げるようにして微笑むと、俺の片脚を離し、その手で雄を握り一気に扱き上げた。

「あーっっ」

直接的な刺激に耐えられず、ついに俺は達し、華門の手の中に白濁した液を飛ばしていた。

「……っ」

射精を受け激しく俺の後ろが収縮する。その刺激に華門も達したようで、ずしりとした精液の重さを中に感じた。

「……あぁ……」

思わず俺の口から、『充足感を得ている』といったふうの吐息が漏れる。と、頭の上から華門の声が降ってきて、いつしか閉じていた俺の目を開けさせた。

「そんなによかったか」

「え？」

ストレートすぎる問いかけに驚き、目を見開いた俺を、華門がじっと見下ろしてくる。グリーンがかったグレイの瞳に見つめられ、ただでさえ早鐘のようになっていた俺の胸の鼓動が、どきり、と一段と高く脈打ち、未だに彼の雄を収めたままだった後ろがひくりと蠢いたのがわかった。

「……あ……」

自身の身体の反応に、驚きと恥じらいを感じた俺の口から、小さな声が漏れる。

「俺もよかった」

華門はにっと笑うと、いきなり俺の両脚を抱え直し、ゆっくりと腰を動かし始めた。

「お、おい……っ」

まさかもう、二度目を始めるのか、と慌てた声を上げたものの、彼の雄が抜き差しされる

たびに、ぐちゅ、という濡れた音と共に精液が滴り落ちる、その音に、そして気味の悪いようないいようなその感触に、俺の雄もまた勃ちつつあった。

「…………」

ふふ、と華門が笑い、一段と深いところを突き上げてくる。

「あぁっ」

またもどこのAV女優かというような高い嬌声を上げる自分に信じがたい思いを抱きながらも、いきなり始まった華門の力強い突き上げが呼び起こす延々と続く絶頂感を再び俺は味わうことになったのだった。


「あぁ……」

二度目の絶頂を迎えたあと、俺は華門の胸を押しやり、彼の身体の下から逃れようとした。ずる、と雄が抜けた感触に、小さな声が漏れる。と同時に、ふと見やった華門のそれが未だに硬度を保っていることに気づき、どれだけこいつはタフなんだ、と驚きと呆れ、両方から俺はついまじまじと彼の黒光りする見事な雄に見入ってしまいそうになった。

「なんだ、まだしたいのか」

華門がその視線に気づき、ちら、と自身の雄を見下ろしたあとにまた、俺の両脚へと手を伸ばす。

「あ、いや、そうじゃなくて……」

情けないことに今や体力も限界状態だった——というだけではなく、今日、華門を呼び出したのは彼に用事があったためだ。それをすまさぬうちに、三度目の行為に耽った挙げ句に気を失う、という状況に陥るわけにはいかない、と、俺は慌てて彼の手を逃れるとベッドの上で起き上がり、近くにあった枕で前を隠した。

「違うのか？」

華門は納得しかねる、といった表情をしていたが——彼のほうではいつの間にか雄を仕舞い服装を整え終わっていた——その様子に変わったところはなかった。

が、俺が彼を呼び出した『用件』を告げた途端、今まで見たことのない空気が彼の周りに立ち上り始めた。

「実は今日、『華門饒』という男を探してほしいという依頼が事務所にきたんだ」

「…………」

華門の表情に驚きはない。が、彼の全身をやたらと張り詰めた、緊張感としかいいようのない空気が覆い始めたことに気づき、俺ははっとして口を閉ざした。

「依頼人は？」

いつものごとき淡々とした口調で、華門が問いかけてくる。表情に変化はなかったが、唯一、彼の目にはいつもと違う輝きが宿っていた。

視線に射貫かれるという表現があるが、まさに今、華門はそんな目で俺を見つめていた。一つの嘘も見逃すまいといったその目は、必要以上に俺を萎縮させたが、それは俺が嘘を抱えているからというよりは、今更のように彼の職業を思い出したためだった。

そう、彼は人殺しを生業《なりわい》にしているのだ。勿論俺も健忘症じゃないから、それを忘れていた、というわけではなかったが、どこかひょうひょうとした彼の言動は、その手を人の血で濡らしている人間とは――尊い命を奪うことで生計を立てている人間とは、とても思えないのだった。

だが、今、俺をきつい眼差しで睨んでいる華門は、俺の目から見ても非道な殺し屋に見えた。もし俺が彼の問いに答えずに通そうとしたら、殺されるかもしれない。そう思わせる光が彼の目の中にはあった。

それが怖かったというわけじゃない――まあ、怖くもあったが、それ以上に俺は、あの曰くありげな依頼人が誰なのか、それを知りたかった。それで俺は、問われるままに依頼人の名やら特徴やらを話し始めた。

「鈴木……鈴木苑子という名の若い女性だ。名前はおそらく偽名だろうと思う。完璧な日本語を操っていたが、ネイティブな日本人ではない気がした。今は日比谷のＰホテルに滞在しているらしい。それからこれは俺自身が気づいたわけじゃないんだが……」

ここで俺が言葉を切ったのは、果たして兄や春香の見解は本当に信用できるのか、と疑ってしまったためだった。

だが、百戦錬磨——何を闘ったのかというのはさておき——の彼ら二人が口を揃えて言うことだ、まあ、間違いはあるまい、と話す決意を固める。

「もしかしたら、女装の男かもしれない。工事……じゃなく、手術をしているかどうかは微妙だということだった。依頼人について、俺が覚えているのはそのくらいだ」

「…………」

俺が話し終えても華門はじっと俺を見据えたまま、口を開こうとしなかった。沈黙の時が暫《しば》し流れる。

「……何か、心当たりはあるか？」

その沈黙に耐えられなくなったのは俺だった。こうもストレートに問いかけるつもりはなかったのだが、他に適当な言葉もなかったので、気になって仕方がないことを聞いてみる。

「…………」

だが、華門は俺の問いに答えてくれなかった。尚もじっと俺を見つめているだけで口を開こうとしない。まるで状況は変わっていないように見えたが、唯一違うのは華門の目の中にあの鋭い光がなくなっていることだった。

「なあ、どうなんだ？」

答えが欲しくて問いを重ねる。と、ここでようやく華門が口を開いた。

「お前は知らなくていいことだ」

「え？」

ぼそりと呟かれた言葉の意味が、俺の脳で理解できるのに一・五秒ほどかかった。

「それって……」

要は答えたくないということか、とまたも問いかけようとした俺に向かい、華門が返した言葉は答えではなく俺への問いだった。

「Pホテルだな？」

「……やはり、心当たりがあるんだな？」

滞在場所を確認するのは、そういうことなんだろう。察した俺が再度問いかけても、華門は首を縦に振らず、先ほどと同じ言葉を繰り返した。

「お前は知らなくていいことだ。依頼も無視しろ」

「いや、それはできない。金も貰ってるし……」

ここまで答えたところで、俺ははっとなり、言葉を足した。華門が誤解するのではと案じたのだ。

「勿論、あんたの携帯番号や、俺があんたと交流があることをクライアントに教えるつもりはない。ただ俺は、なぜあの女……だか男だかが、あんたの行方を探しているのか、それが気になって……」

「気にする必要はないと言っている。いいな？　すべて忘れろ。金は貰っておけばいい」

「さすがに貰えないし、気になる。彼女は……いや、彼は、あんたのなんなんだ？」

俺は誤解をされたくなくて、必死で言い訳しているのに、『かかわるな』しか言わない華門に対し、次第に苛立ちを感じ始めていた。

前金を貰って放置しろ、と言われたことに対して、むっともしていた。報酬を貰っているのに仕事をしないなど、そんなことができるわけがない。俺もプロの探偵なんだから、という憤りからつい、声を荒立ててしまった俺から、華門がすっと目を逸らせる。

「忘れろ、と言っている」

「なぜ忘れなければならないんだ？　その理由を説明してくれたっていいだろう」

それでも答えようとしない華門に俺は食ってかかり――。

「うわっ」

いきなり彼に両手首を摑まれたと同時にベッドに押し倒され、ぎょっとして声を上げた。

「おいっ」

何をする、と言おうとした唇を唇で塞がれ声を奪われる。華門の手はすぐに俺の腕を離れたが、そのままその手は俺の両脚をそれぞれに摑み、いきなり抱え上げてきた。

「何を……っ」

まさか、とぎょっとし、逃れようとしたときには、既に後孔に勃ちきった雄をねじ込まれていた。

「やめ……っ」

嘘だろ、と言うより前に、力強い突き上げが始まり、俺から言葉を奪っていく。

「よせ……っ……あっ……あぁ……っ」

快楽の残り火が宿る身体が再び欲情の焔に焼かれるのに、そう時間はかからなかった。規則正しいリズムで突き上げられるうちに息は乱れ、鼓動は速まり、口からはあられもない声が漏れていき、俺はまたも快楽という名の灼熱の波に呑み込まれていった。

「あっ……あぁっ……あっ……あっ……あっ」

己の上げる高い嬌声を遠くに聞きながら、華門の力強い突き上げが呼び起こす果てしのない絶頂感に翻弄《ほんろう》されるうちに、遂に俺は気を失い——いわゆる『失神』である——深い闇の中に落ち込んでいってしまったのだった。


「ん……」

携帯の着信音で俺は目覚めた。はっとし、起き上がって周囲を見回すが、室内には誰もいない。

ずっと鳴りっぱなしだった電話に出ようとしたとき、どうやら留守番電話に切り替わったようで着信音が止んだ。

「…………」

二つ折りのそれを開いてみて、かけてきたのが鹿園だとわかり、まあ、いいかとまたパタン、と閉じる。彼の電話が『急用』であった試しがないためだが、何より俺には気になることがあったからでもあった。言うまでもなくそれは、華門の行方である。

呼び出したのは昨日の夕方だった。今は何時か、と再び携帯を開くと、午前七時である。どんだけ寝たのか、と呆れつつ、念のため、と浴室へと向かおうとしてベッドから下りた途端、へなへなとその場に座り込んでしまった。

「うそだろ……」

腰が立たない自分に愕然とした俺の口から思わずその呟きが漏れる。まさに今、俺が陥っている状態は『腰が立たない』そのものだった。セックスで腰が立たなくなる体験なんてしたことない。まったく、信じられない、と啞然としつつも辺りのものに摑まりなんとか身体を起こすと、よろける足を踏みしめ浴室へと向かった。

「……いない……」

浴室内に人の気配がないどころか、シャワーを浴びた形跡すら残っていなかった。まさか、と思いトイレも覗いてみたが、そこにも華門の姿はなく、その上こちらも使った様子がなかった。

そういや華門が服を脱いだところを見たことがない。汗をかいているところも息を乱しているところも見たことがないと思い当たり、奴はサイボーグか、と整然としたままの洗面所とトイレを見渡していた俺の頭に、はっと閃くものがあった。

もしかして、と慌ててベッドに戻り、周辺に落ちていた自分の携帯電話を開いた俺の口から、思わず声が漏れる。

「……ない……」

アドレス帳の俺が作ったカテゴリー『謎』から華門の番号は消えていた。なら履歴を、と慌ててボタンを操作したが、発信履歴からも彼の番号は消えている。

どういうことだ、と愕然としつつも、俺は記憶していた華門の番号をプッシュし、携帯を耳に当てた。

刑事の記憶力を馬鹿にしちゃいけない——というより、この三ヶ月というもの、何度も華門の番号をディスプレイに呼び出しては、やはりかけるのはやめよう、という行為を繰り返した結果、番号を覚えたというだけなのだが、そうしてプッシュした番号は華門の電話に繋がりはしなかった。

『お客様のおかけになった番号は現在使われておりません。番号をお確かめになって今一度おかけ直しください』

即座に解約したということか、と察し、電話を切った俺の口から、我知らぬうちに深い溜め息が漏れていた。

これで俺と華門の接点はなくなってしまった。彼がなぜ教えた番号を俺の携帯から削除した挙げ句に番号自体を解約してしまったのか、その理由はわかるようでわからない。

きっかけは、彼を探しているという依頼人の話をしたことだった。華門は俺に『その話は忘れろ』と言い、事情を聞こうとすると強引に行為に持ち込み、それを阻んだのだ。

「…………」

あの美貌の依頼人——美女に見えるが実は男だという疑惑のある、あの依頼人の出現が原因なのか。

しかしなぜだ？　なぜ華門は彼女——だか彼だかとのかかわりを俺に知られることを避ける？

やはり『ワケ』があるからか、と考えていた俺は、自分が唇を嚙んでいることに気づき、馬鹿馬鹿しい、と慌てて口を開けた。華門がいなくなったことに対し、あまりにも衝撃を受けている自分を持て余してしまったのだ。

しっかりしろ。彼との繫がりが切れたにしても、何をそう気に病む必要があるんだ。今、気にすべきはそんなことではない。そう、今気にするべきは、五十万もの大金を払ったあのクライアントに対し、なんと回答すべきかだ、と溜め息をつきそうになったとき、俺の手の中の携帯が再び着信に震えた。

　こんなときに誰だよ、とディスプレイを見やり、そこに鹿園の番号を見出す。こんなときになんだよ、と無視を決め込もうかと思ったが、そもそも鹿園に当たるのは間違ってるかと瞬時にして反省し、応対に出た。

「もしもし？」

『大牙か？　今、どこだ？　無事なのか？』

「無事？」

　電話の向こうから聞こえてきた、やたらと焦った鹿園の声に、無事とはどういう意味かと問い返した俺は、返ってきた答えに仰天したあまり、部屋中に響くほどの大声を上げてしまったのだった。

『今朝、お前の事務所が爆破されたんだ。事務所だけじゃない、住居部分も全焼している』

「うそだろう??」

　エイプリルフールでもあるまいし、鹿園がそんな『嘘』をつくはずもない。まあ、エイプリルフールであっても、鹿園にはそんな遊び心はないだろうが――などという馬鹿げたことしか考えられないほど、そのときの俺は混乱に混乱を極めてしまっていた。

3

慌ててホテルをチェックアウトし、事務所兼自宅へと駆けつけた俺を待っていたのは、酷く青ざめた顔をした鹿園だった。

「大牙！　無事でよかった！　連絡が取れなかったから案じていたんだ！」

「心配かけてすまなかった」

謝りはしたが、彼の言う『連絡が取れなかった』は、たった一回、俺が彼からの電話に出そびれてしまった、そのことを指しているに過ぎない。

しかし青ざめ、今にも泣きそうになっている彼の表情や、留守電に残っていた泣き出さんばかりの声音から、鹿園がどれだけ自分を心配してくれていたかわかっていた俺は、素直にそう頭を下げたのだった。

鹿園は警視庁時代の俺の同期で親友だった。百八十センチを超える長身に縁なし眼鏡の似合う超がつくほどの美形、かつ警察学校での成績はトップだったというそれは素晴らしいとしかいいようのない、優秀な頭脳と能力の持ち主だ。

彼の『超』は自身のことに留まらず、家系的にも『超』なのだった。父親は大臣を務めたこともある著名な代議士で、兄は警察庁のお偉方、というまさに『非の打ち所のない』男である。

警察学校で机を並べて以来、なぜか酷く気が合って、俺が警察を辞めた今に至っても付き合いは続いていた。超イケメン、そして超エリートであるにもかかわらず、特技は家事、というなかなかに面白い人物なのだった。

友情に篤い彼は、謝罪した俺に対し、笑顔で首を横に振ってみせ、更に友情に篤い言葉を口にした。

「お前が無事ならそれでいいんだ」

「……ありがとう」

瞳を潤ませている彼を前に、俺の胸にも感動が広がってくる。が、感激している場合じゃない、と俺はすぐに我に返ると、鹿園に縋り付く勢いで問いを発した。

「兄貴は？　昨日帰国したんだが、事務所や住居に兄貴はいなかったのか？」

鹿園の電話を受けたとき、俺が一番に気にしたのは兄の身の安全だった。見るとビルの二階は壊滅状態である。もしも兄が帰宅していた場合、何らかの被害を受けていることは必至だった。

兄は携帯を持たないため――男と切れるたびに解約するので、持つのが面倒になったらしい――連絡の取りようがなく、やきもきする思いを胸に事務所に戻ってきたのだった。兄は

果たして無事なのか。問うた俺に鹿園が答えようとしたそのとき、

「大牙～！」

という甲高い兄の声が響き、心底安堵しながら俺は声のほうを振り返った。

「兄さん！」

「大牙ー！　無事でよかったー！」

俺の目に、涙で顔をぐしゃぐしゃにした兄の姿が飛び込んでくる。そうも心配してくれていたのか、と俺も目頭を熱くしつつ、俺に抱きついてきた兄の背をしっかりと抱き締めた。

「大牙あ」

わーん、という泣き声は、漫画でしか読んだことがなかったが、兄は本気でそんな声を上げ泣いていた。

「ごめん」

きっとこういうところが、世の男性をして放っておかせないのだろう、と妙に納得してしまいながら、兄の背を抱き直した俺の耳に、春香の怒声が響いた。

「トラちゃん！　あんた、今までどこで何をやってたのよう～!!」

駆け寄ってきた春香も泣いていたが、兄のような可愛らしさはなかった。

「ご、ごめん。春香さん」

慌てて詫びた俺に抱きついてきた彼女をも抱き締め返す。

「無事でよかったー！」

春香の泣き方は『わーん』ではなく『おんおん』だった。因みにこの『おんおん』も俺は、小説の世界でしかお目にかかったことがない。

「大牙、爆破した犯人に心当たりはないか？　凌駕さんも春香さんも、まったくないらしい。お前はどうだ？」

兄と春香、二人の背を抱き締め返していた俺に、鹿園が問うてくる。

「俺だってないよ」

即答したが、そのとき俺の脳裏には、ちらとあの美女の――華門を探してほしいと言い、五十万という前金を払っていったあの美女だか女装の美男だかわからない男の顔が浮かんでいた。

あの依頼くらいしか、『胡散臭い』ものはなかった。心当たりと問われて一番に思いついたのはアレなのだが、そのことを鹿園に打ち明けるのを、俺はなぜか躊躇《ちゅうちょ》してしまったのだった。

「……そうか……？」

鹿園は一瞬、訝るような眼差しを向けてきたが、そういう目で俺を見ること自体が友情に反すると思ったらしく、慌てたように俺に詫びてきた。

「すまん、別に疑っているわけじゃないんだ」

「……気にしないでくれ」

さすがは警察学校でもトップの成績を常に収めていただけあり、鹿園は俺の動揺を正確に読み取っていたようだ。

だが、それを指摘するのはやはり『友情』に反すると思ったのか、彼はそれ以上その件に関して俺を追及してこなかった。

かわりに——というわけではないだろうが、続いて彼は昨夜の俺の居場所を問うてきた。

「さっき春香さんも聞いていたが、大牙、お前、今までどこにいたんだ？　昨日はどこかに泊まったのか？」

「え」

それも答えにくい、と一瞬言葉を失った俺の腕の中、不意に兄が顔を上げたかと思うと、とんでもないことを言い出した。

「大牙は昨夜、男とお泊まりだよね」

「なんだって!?　大牙、それは本当か？」

途端に真っ青になり、兄と春香を押しのけるようにして鹿園が俺の肩を摑んでくる。実際、兄の言うことはまるっと『真実』ではあるのだが、それをこの場で認めれば、相手は誰だ、という追及が始まるだろう。

鹿園は丸め込めても、兄と春香の追及をかわす自信がなかった俺は——警視庁捜査一課の星より手強いというのもある意味凄いが――明らかな『嘘』を答えるしかなかった。

「んなわけないだろ。仕事だよ」

「仕事ってなんだ？」

容易く丸め込めるはずの鹿園が、一つの嘘も見逃すまいというようなきつい眼差しで俺を睨み、摑んだ肩を揺さぶってくる。

「内容は？　場所は？　昨夜は一体どこに泊まったんだ？」

もとが正直者ゆえ――自分で言うなという感じだが――俺のついた『嘘』はすぐに鹿園に見抜かれ、立て続けに問いを放たれる。取調室で容疑者を締め上げるかのごときその勢いに気圧され、タジタジとなっている俺を、今度は春香や兄までもが質問責めにし始めた。

「ホテル？　ねえ、ホテル？　それとも家？　どっちなのよう」

「相手は？　誰と泊まったの？　セフレ？　彼氏？　どっちにしろ、ちゃんと紹介してくれないと」

「だから仕事だって！」

相当無理があるとはわかっていたが、ここは嘘をつき通すしかない、と俺は叫んだのだが、大変運のいいことに、話題が他へと転じ始めた。

「凌駕に紹介すると取られると思ったのよね。その判断は正しいわ」

春香がそう言い、大きく頷くのに、兄が、

「そんなことしないよう」

と口を尖らせる。

「したじゃない。アタシなんか、何人あんたに男を取られたことか……」

「えー、とってないよ」

「嘘おっしゃい！　紹介した翌日にはあんた、アタシの彼氏と寝てたじゃない」

「翌日はないよ。ええと、三日後くらい？」

「翌日も三日後も一緒よう」

過去の遺恨から、春香が兄を責め立て、兄がそれに口答えをする——という展開に、俺は暫し唖然としてしまっていた。

「もう、昔のことはいいじゃない。春香は今、幸せなんだからさあ」

「おーほほほ、そうよ、アタシは今、とっても幸せよ〜」

高笑いする春香の声が響き渡り、ビル爆破を見に集まってきた野次馬たちを一斉に引かせたのがわかった。俺もどん引きしてしまいながらも、俺の外泊から話題が逸れた、とほっとしていたのだが、彼だけは——そう、鹿園だけは、誤魔化すことができなかった。

「で、大牙、お前、昨日はどこに泊まったんだ？」

またもがしっと肩を摑まれ、正面から目を覗き込まれる。きつい眼差しで問いかけてきた彼に、仕事だ、と嘘を繰り返そうとしたとき、背後から鹿園を呼ぶ声があった。

「警視、火災原因調査員、撤収だそうです。撤収前に責任者に報告があるとのことなんですが」

声をかけてきたのは鹿園の部下だった。鹿園は、抑えた溜め息をつくと、俺をじろりと一瞥し、部下を振り返った。

「……わかった、今行く」

答えたあと、ほっとしていた俺へと素早く視線を戻し、俺があわあわとする様をまたも一瞥してから鹿園がビル内へと向かっていく。

「春香、いいなあ。僕も幸せになりたいよう……」

「あんたはその、尻軽なところを直さなきゃ、一生幸せになんてなれないわよ」

「尻軽じゃないもん」

「尻軽じゃないの」

そんな俺の横では相変わらず、春香と兄がしょーもないとしかいいようのないやりとりを繰り広げており、俺を最高に疲れさせてくれたのだった。


消防車が帰り、その後の現場検証がすんでから、俺や兄貴、それにこのビルの持ち主である春香も中に入ることを許されたのだが、兄貴と俺の探偵事務所兼住居部分はほぼ全焼といっていい状態となっていた。

「……全部、燃えちゃったんだ……」

兄が涙ぐむのを見て、確かに家族の思い出の品は沢山あったからな、と俺も涙ぐみそうになったのだが、その涙を止めてくれたのは、春香だった。

「凌駕、泣かないでよ。洋服なんてまた買えばいいでしょ。なんならアタシが買ってあげるわよ」

「え？　ほんと？」

その瞬間、今までのしんみりした雰囲気はどこへやら、弾んだ声を上げた兄に、またも俺の口から深い溜め息が漏れる。

「どうしたの？」

それを聞きつけ、兄が問いかけてくる。

「……なんでも……それより、今夜からどうする？」

洋服以上に失って悲しいものはないのかよ、という非難の言葉をぶつけるだけ無駄、と悟っていた俺は、代わりに一番の懸案事項を兄にぶつけてみた。

「そうか。寝る場所にも困るよねえ」

兄が初めて気づいたというような悲壮《ひそう》な顔になる。そういやこうして無事ということは兄もまた、昨日ここへは帰らなかったわけだ、と改めて俺は気づいたが、どこに泊まったのかを追及するとまた自分への質問が再燃しそうだったことと、おそらく『歓迎会』の流れで春香の家にでもいたんだろうと推察できたので黙っておいた。

「なんなら当分の間、ウチ、泊まる？」

俺の予想が当たっていることを示すかのように春香がそう言ったのに、兄が、

「いいの？」

と明るい顔になる。

「勿論。任せてよ」

春香は明るく頷いたが、その様子を見ていた俺の視線に気づいたのか、はっとした顔になると、心底申し訳なさそうに言葉を足した。

「……ウチもそう広くないから、一人くらいなら面倒見られるんだけど、トラちゃんまでとなるとちょっと……」

「ああ、別にいいよ。俺は」

安いビジホを探してもいいし、最悪ネットカフェ難民になってもいい。泊まる場所くらいどこでもある、と笑った俺の声に被せ、凛とした男らしい声が辺りに響き渡った。

「大牙、水くさいじゃないか。僕がいるよ！」

「え？」

声の主は鹿園だった。さすが現場の責任者、さっきまであちこちを忙しそうに飛び回っていたというのに、と呆れた視線を向けた先では鹿園が、何が嬉しいんだか、満面の笑みを浮かべ俺に向かい手を差し伸べていたのである。

「大牙は当面、僕のところに来るといい。空いている部屋があるからそこをお前に提供しよう。何もいらない、身一つで来てくれればいいから」

「……あ、ありがとう」

有り難すぎる申し出ではあったが、どこかプロポーズじみていないか、と幾分腰が引けていた俺の周囲で、春香と兄がヒューヒューと口笛を——兄は口笛が吹けないので『ひゅー』と口で言っていたが——を吹き囃《はや》し立てる。

「ロシアン、がんばってー」

「千載一遇のチャンスだよね〜」

「千載一遇？」

二人が何を言っているのかイマイチわからず——因みに『ロシアン』というのは、春香が勝手につけた鹿園のニックネームである。鹿→ディアハンター→ロシアンルーレットという発想らしい——問い返したが、兄も春香もにやにやしながら俺と鹿園をかわるがわるに見ているだけでそれ以上何を言おうともしない。

おそらく二人は、さっきの鹿園のプロポーズめいた言葉をからかっているのだろうが、俺たちは男同士の友情には結ばれているものの、愛情はないよ、と訂正しようとした俺の前で、鹿園の顔にみるみるうちに血の気が上っていった。

「そんな不埒《ふらち》なことを、考えているわけないでしょう！」

「ふらち……ってどういう意味だっけ」

「えー、そんな不埒なこと、考えてたのお？」

叫んだ鹿園に対し、兄がボケてみせ――というより、本気でわからなかったと思われる――春香が尚もからかう中、鹿園の、半ばやけくそな声が響き渡り、騒然となっていた場を鎮めた。

「ともかく！　大牙の面倒は僕が見る。それでいいですね？」

「勿論いいよ。よろしく頼むね」

兄がまず鹿園に頭を下げ、

「頑張んのよ～」

と春香が鹿園の背をどやしつける。

「そんなんじゃないですよ」

尚もしつこくからかう春香に対し、鹿園はすっかり疲弊《ひへい》したのか力なく答えていたが、俺が「悪いな」と声をかけた途端、なぜか満面の笑顔となった。

「善は急げだ。さあ、ウチに行こう」

「え？　お前、現場はいいのかよ？」

未だ捜査員たちが右往左往しているビルを目で示し問うたが、鹿園はにっこり笑い「大丈夫だ」と大きく頷いた。

「でも……」

「あとは頼む！」

本当にいいのか、と再び問おうとした俺の前で鹿園は部下を振り返って一言そう告げると、

「警視？」

「どちらへ？」

と問いかけるその声を綺麗に無視し、視線を俺へと戻した。

「さあ、行こう」

「あ、ああ……」

肩を抱いてくる鹿園の声がやたらとうきうきしているような気がするのは気のせいか——と、顔を見上げた俺の背後で、春香と兄の声が響く。

「ロシアン、応援してるわよー」

「がんばってね」

「頑張るって……」

一体二人は何を応援しているんだ、と首を傾げる俺を急かし、鹿園は覆面パトカーまでや

ってくると、助手席のドアを開けてくれ、自分は運転席に乗り込んだ。

「しかし第一報が入ったときには心臓が止まるかと思ったよ」

車を出しながら、鹿園が心底安堵した顔になり、言葉を続ける。

「爆破されたのがお前の事務所だとわかった瞬間、頭の中が真っ白になった。生きていてくれて本当によかった」

「……悪かった。心配かけて……」

微かに震えている鹿園の声は多分、涙を堪えているからだろう。それがわかるだけに俺は彼の友情に感謝し、謝罪の言葉を口にしたのだったが、俺の謝罪を聞いた途端、鹿園が厳しい声を出した。

「謝るってことは、何か謝らなければならない理由があるってことか？　それはなんだ？　爆破した犯人に心当たりがあると？」

「あ、いや、違う」

心配をかけたことを詫びただけだ、と言おうとした俺は、続く鹿園の発言に思いっきり脱力してしまった。

「それならなんだ？　俺に隠れて外泊をしたことか？」

「違うよ」

そもそも、外泊にお前の許可を得る必要はあるのか、と、わけのわからないことを言い出した彼を諫《いさ》めようとした俺の横で、鹿園がヒステリックな声を上げる。

「それなら俺に隠れて、『彼氏』ができたことか？」

「違うって」

お前まで兄貴や春香みたいなことを言い出すとは、と呆れ——それ以前に、たとえ『彼氏』ができたとしてもなぜお前に打ち明けねばならない、という疑問もあったが——言い返した途端、鹿園が心底ほっとした、としかいいようのない顔になった。

「そうか、違うのか」

それならいい、と一人納得して頷く彼の真意はわからなかったものの、これ以上この話題を続けるのも面倒だ、と、俺は彼から事務所爆破の状況を詳しく聞き出すことにした。

「爆破されたのはいつなんだ？　目撃情報などは出たのか？」

「爆破は今朝の六時過ぎだ。早朝で人通りがなかったため、通行人には被害がないかわりに目撃情報も取れてない。ただ周辺の住民から、爆破直前に車が走り去っていくエンジン音を聞いたという証言は得られた」

「爆弾の種類は？　素人でも入手可能なものか？」

「まあ、知識があれば作れないでもないだろうが、可能性としては薄い」

「しかけられたのは俺の事務所か？」

破壊されていたのは二階だけだから、まあ、そうなんだろうと思いながら問うと、鹿園は

「ああ」と頷き、ちら、と俺を見た。

「本当に心当たりはないのか？　何かヤバそうな仕事の依頼をされたとか……」

「……ない、と思う。少なくともヤクザに目をつけられるような依頼はない」

そう、あの『美女』はヤクザ絡みではなさそうだし、と心の中で呟きつつ答えた俺に鹿園は、

「ヤクザじゃないかもしれない」

というある意味意外な言葉を発し、またもちらと俺を見た。

「ヤクザじゃない？」

「ああ、ヤクザは火炎瓶を投げ込む程度のことはするだろうが、爆弾のような本格的、かつ足のつきやすいものを使うかとなると疑問だ」

「となると？」

「過激派か。もしくは香港・中国あたりのマフィアか……」

「どっちも心当たりはない」

首を横に振りはしたが、そのとき俺の頭には、またあの、美女だか女装した男だかわからない依頼人の顔が浮かんでいた。

綺麗な日本語を喋ってはいたが、イントネーションの微妙な違いで、俺は彼女——だか彼だかは、日本人じゃないな、と思ったのだった。

マフィアかどうかはわからないが、殺し屋の華門を探しているという時点でまっとうな職業についている可能性は低い。

やはりあの依頼絡みなんだろうか、と考えていた俺の横では鹿園が、

「確かに、マフィアや過激派との接点はないな」

と笑っていた。

しかしもしもあの美女が香港だか大陸だかのマフィアだったとしても、なぜ俺の事務所を爆破したのか。その理由がわからない。

何かの警告だろうか。それとも本当に俺の命を狙ったのか。それはなぜだ？　華門の居場所を知っているのに教えなかったからか？　だとしても俺を殺したところでなんの得がある？　いや、それ以前にそもそもなぜあの美女は、俺のところに華門の行方を探してほしいという依頼をしてきたんだ？

「…………わけがわからない……」

思わずぽろりとその言葉が漏れ、しまった、と口を閉ざしたが、鹿園はいいように誤解してくれた。

「俺もわけがわからない……が、犯人は必ず見つけるよ」

任せてくれ、と大きく頷く彼に俺は「ありがとう」と感謝の意を伝えたのだが、続く鹿園の発言には慌てふためくこととなった。

「テロの可能性もありじゃないかと思うから、父に自衛隊を動かしてもらうつもりだ」

「じ、自衛隊？」

恐ろしいのは鹿園がジョークを言っているわけではなく本気であることと、彼が父親に頼めば本当に自衛隊が出動しかねないという事実だった。

「いや、テロはないと思う。だって狙われたの、ウチの事務所オンリーだし」

「しかし念には念を入れて……」

「いや、入れなくていいし」

その後、車が鹿園の、神楽坂《かぐらざか》にある超高級なマンションに到着するまでの間、俺と鹿園の間では自衛隊出動についての攻防戦が繰り広げられることとなった。

なんとか鹿園を説得し、父親に連絡をするのをやめさせることに成功したちょうどその直後、車は鹿園のマンションの駐車場に到着したのだが、その頃には俺は既に疲労困憊《こんぱい》の状態だった。

鹿園の家には何度か遊びに来たことがある。来るたびに「すげえ」と感嘆の声を上げてしまうほど、彼のマンション――多分『億ション』だと思う――は豪華、かつ広かった。

高層マンションの最上階にある彼の部屋は3LDKといっていたが、LDK部分は三十畳を超える。トータル二百平米くらいあるのではないかという、まさに豪邸である。

独身の鹿園がそんな広いところに住んでいるのは、このマンションが彼の父から与えられたものであるためだった。何を思ったのか鹿園の父はこのマンションが建設された際に最上階のこの部屋を購入したのだが、住んでみた結果、やはりマンションより戸建てがいいと、すぐに松濤《しょうとう》にある自宅に戻ってしまったのだ。

鹿園がマンション住まいを気に入っているとわかると彼の父は、「それならお前が住むといい」とぽんと名義を変更してくれたのだそうだ。たとえ親子でも億単位のものをぽんぽんやりとりする、そんな金持ちの世界は庶民の俺にはまったく理解できない。

その立派なマンションに、これから当分の間厄介になるというのは、俺にとってもラッキーだった。少なくとも常にテンションがやたらと高い春香の家よりは、ここのほうが居心地がいいに違いない。

「大牙はこの部屋を使ってくれ」

その上有り難いことに鹿園は、俺に個室を用意してくれた。部屋に入ると八畳ほどの広さの中、ベッドと書き物机、それにクローゼットが置いてある、まるで高級ホテルの客室そのものだった。

専用の部屋まで用意してもらうとは、なんだか申し訳ない、と恐縮してしまっていた俺を、更に恐縮させるような行動を鹿園が取り始める。

「朝食、食べてないいんじゃないか？　お腹が減っただろう」

そう言ったかと思うと、なんと彼は自らキッチンに立とうとして、俺を慌てさせた。

「鹿園、お前、仕事は？　戻らなくてもいいのかよ？」

「ああ、お前に朝食を作ったらすぐ戻るよ」

なんでもないことのようにそう言い、本当にキッチンに立とうとする鹿園を、

「本当にいいから!!」

と、なんとか玄関に向かわせようとする。

「遠慮することないのに……」

鹿園はぶつぶつ言っていたが、渋々俺の説得を聞き入れ、現場に戻ってくれることとなった。

「それじゃ、今夜は早く帰るから」

靴を履き終え振り返った鹿園に、俺はなんの考えもなく、ほとんど条件反射で、

「いってらっしゃい」

と言ったのだが、その瞬間、鹿園がまさに『感極まった』顔となった。

「大牙、もう一度言ってくれ」

「え？」

意味がわからないながらも、繰り返せというのなら、と再び同じ挨拶の言葉を言ってやる。

「いってらっしゃい。気をつけて」

ただ繰り返すだけだと能がないかと思い、一言付け足すと、鹿園はほとんど涙ぐみそうに

なりながら、

「いってきます！」

と言って俺の肩を叩き、そのままドアを出ていった。

「…………」

スキップしかねない彼の陽気さの意味がわからず、呆然と見送っていた俺の前で、バタン、と玄関のドアが閉まる。

一体なんなんだ、と脱力してしまいながらも、本当になぜ、俺の事務所は爆破されることになったのか、と再び考え始めた俺の脳裏にはそのとき、携帯のメモリーから番号を消去し姿を消した華門の、ほとんど表情のないクールな顔が浮かんでいた。

4

「大牙、味付けはどうかな？　濃すぎないか？」

鹿園がおずおずとした口調で問いかけてくる。

「いや、ちょうどいい。美味《おい》しいよ」

「そうか、よかった」

ほっとしたように笑った彼が問うていたのは、宣言どおり『早く』帰宅した上にあっという間に作ってくれたすき焼きの味だった。

鹿園が家を出たあと、俺も出かけようとしたのだが、そういや彼から鍵を預かっていないことに気づいた。

慌てて携帯を鳴らし、合い鍵の場所を聞いたが、生憎家には置いていない、と申し訳なさそうに言われ、それで俺は日がな一日出かけることもできず、鹿園のこの豪華としかいいようのないマンションで過ごさざるを得なくなった。

だが退屈していたかというと、そんなこともなかった。俺が出かけられないと気づいた鹿園はなんと、彼の実家に出入りしている百貨店の外商をここへと向かわせたのだ。

下着やら服やらは、すぐにもないと困るだろう、という有難すぎる配慮であったが、どれもこれも高級品でとても俺には手が出ない。丁重にお断りして帰ってもらおうとしたのだが、外商は既に料金は鹿園からいただいているので、と無理矢理数十着もの服やら靴、それに時計や、なぜかタイピンやカフスといった、俺が普段まったく使ってないものまで置いていこうとした。

そんな高価なものは受け取れない、いや、困ります、というやりとりに費やした時間は三時間、おかげで午後はまるまる潰れてしまった。結局のところは当座の着替えと下着のみ受け取り、外商に帰ってもらったのだが、そんなこんなですっかり疲れ果てていたところにやたらと浮かれた鹿園が帰宅し、俺のクレームをさくっと無視した上でこの夕食を作ってくれたというわけだった。

「捜査のほうはどうなんだ？」

松阪牛のすき焼きなど、滅多なことでは口に入らないというものの、いつまでも舌鼓《したつづみ》を打っているわけにはいかない、と俺は鹿園に捜査状況を尋ねた。

「今のところ進展なしだ」

申し訳ない、と鹿園が本当に申し訳なさそうな顔で詫びる。こちらとしても『心当たり』を隠しているゆえ鹿園を責める気にはならず、せめて現時点でわかっていることだけでも聞き出そうと会話を続けた。

「現場から走り去った車については、何か目撃情報は出たか？」

「いや、出てない。一応関東全域に捜査範囲は広げているが、今のところ有益と思しき情報は得られてないんだ」

「爆弾の種類については？　部品の出所とか」

「それも手がかりなしだ。ただ、窓から投げ込まれたらしいということは、消防署からの連絡でわかった」

「窓からか。それなら誰にでも可能ではあるな……」

事務所は四階建てのビルであり、窓ガラスは強化ガラスではなかった。それゆえそう相槌を打った俺の取り皿にすき焼きをよそってくれながら、鹿園が言葉を続ける。

「お前の事務所も生活空間も全焼ではあったが、それは消防車の出動が遅れたという理由も大きくて、爆弾の威力自体はたいしたものではなかったようだ。命を奪う、というよりは脅し的な意味が強かったのではないかという結論となった」

「脅しか……」

呟いた俺に、松阪牛がこれでもかと入った皿を手渡してくれながら、鹿園が真面目な顔で問いかけてくる。

「本当に心当たりはないのか？」

「……ああ……」

やはり彼には打ち明けるべきだろうか、という考えがちらと俺の頭に浮かぶ。誰がどう考えてもあの『依頼』は——華門を探してくれというあの美女の依頼は不自然だった。

しかしそれを打ち明けるとなると、華門のことも打ち明けなければならない流れになってくる。前に鹿園には華門のことを——そのときには『J・Kという殺し屋』となっていたが——知らない、と断言してしまったため、今更それを「嘘でした」ということは俺にはとてもできなかった。

しかし、気になるのはあの美女だ。今は日比谷のPホテルにいることがわかっているのだし、彼女——だか彼だかがどこの誰だかは突き止めたい。

警察の力を借りるのは手っ取り早いが、それができないとなると、と考えていた俺の頭に、ピン、と閃くものがあった。

「もう、いらないのか？」

考えごとに熱中していたせいで、俺の箸《はし》は止まっていたのだが、それに気づいた鹿園に問われ、はっと我に返る。

「あ、いや、食べるよ」

せっかく鹿園が作ってくれたものだし、何より松阪牛だし、と俺は再びすきやきに意識を集中させ、お前は新妻かと突っ込みを入れたくなるほどの甲斐甲斐しさを見せる鹿園の給仕に恐縮しつつも食事を終えたのだった。

今夜から世話になるのだし、それに食事も作ってもらってしまったし、というわけで、せめて洗い物くらいはしよう、と俺は鹿園に申し出た。

「いや、いいよ」

そう手間じゃないから自分がやる、と最初鹿園は俺の申し出を退けたが、それでもやりたい、というと、

「そうか？」

と申し訳なさそうな顔になったあと、

「ちょっと待っててくれ」

と言い置き、自室へと引っ込んでいった。それから待つこと五分、いい加減に焦れた俺が洗い物を始めようとしているところに、鹿園がようやく戻ってきた。

「これ、使ってくれ」

「え」

彼が手にしているものを見て、俺は思わず絶句してしまった。というのも鹿園が意気揚々《いきようよう》として持ってきたのはなんと、ひらひらのフリルのついた白いエプロンだったからだ。

「エプロンなんていらないよ」

「いや、服が濡れる」

「それならお前の貸してくれよ」

几帳面《きちょうめん》な彼らしく、鹿園は調理の最中、ごくごくシンプルなブルーのエプロンを着用していた。それでいいじゃないか、と手を伸ばすと、酷く厳しい顔で、

「あれは駄目だ」

と拒否された。

「なんで?」

「お下がりじゃ悪い。これは新品だから」

「別に新品じゃなくていいよ」

「いや、僕が困る」

と、よくわけのわからない押し問答が繰り広げられたが、エプロンを拒否し続けると洗い物をしたくないのかと思われるかもしれないと、早々に俺は折れることにした。

「つけてやる」

エプロンの着用を了解した途端、鹿園はやたらとうきうきした顔になり、本当に俺にエプロンを着せてくれた。

「手伝うよ」

「いや、いいし」

俺が洗うといっているのに、鹿園は流し台の横に立ち、なぜだか実に幸せそうな顔をしながら俺が洗った食器を布巾で拭いては食器棚にしまっていた。

おかげで食器洗いはすぐに終わってしまい、そのあとテレビでも見るか、ということになった俺と鹿園は三十畳はありそうな広大なリビングルームで、六十インチはあると思われる大きな液晶テレビを前に、ワイングラスを傾けていた。

俺はビールが飲みたいなと思ったが、鹿園が「ワインがいい」と言い出し、巨大な冷蔵庫の横にある、これまた巨大なワインセラーの中から一本を選び出したためだ。

俺はワインに対し、造詣《ぞうけい》がまったく深くないため価値やら値段やらはさっぱりわからないが、さすがに『ロマネコンティ』くらいは聞いたことがあった。

ラベルにはどう見てもその文字があるのだが、なぜに今夜そんな超高級ワインを開けるのか、と、啞然としている俺の前で、鹿園は一連の作業を終えると、大きなワイングラス二つにワインを注ぎ、それを飲みながら俺たちはニュース番組を眺めていた。

俺の事務所爆破は、ニュースになることはなかった。報道を抑えているというより、その価値がないとテレビ局側が判断した、そんな感じだった。

「映画でも観ようか？」

ソファに並んで座っていた鹿園が、俺に声をかけてくる。

「別にいいけど？」

スポーツニュースが観たくはあったが、ここは鹿園の家である。彼が観たいものを観るのでいいや、と頷くと、鹿園はブルーレイのリモコンに手を伸ばし、手早く操作した。

「え？」

映像が切り替わった途端、六十インチの画面にいきなり男女のキスシーンが現れる。

「これ、なんだっけ？」

観たことある映画だと思うんだけど、と画面から鹿園に目をやろうとした俺は、あまりに近いところに彼の顔があることにぎょっとし、身体を引こうとした。

「え」

と、鹿園の手が伸びてきて、俺の肩を抱いてくる。なに、と思いながらも、映画のタイトルが気になり、再びテレビに視線を戻したそのとき——。


ピンポーン、ピンポンピンポンピンポンピンポンピンポンピンポーン。


室内にやかましいくらいのインターホンの音が響き渡り、俺の、そして鹿園の意識はいやでもそっちへ向かわざるを得なくなった。

「誰だ？」

こんな時間に、とぶつぶつ言いながら、鹿園がインターホンへと向かう。

「あ」

その背を目で追っていた俺は、インターホンを取り上げた鹿園がなんともいえない声を上げたのを訝り、声をかけた。

「誰だった?」

と、そのとき、インターホン越しに、聞き覚えがありすぎるほどにある声が、俺の耳にも届く。

『大牙ー! ごめん、来ちゃったあ』

「……兄貴……」

なんと、突然やってきたのは兄の凌駕だった。なんで、と慌ててインターホンに駆け寄り、鹿園の手から受話器を取り上げる。

「兄貴? なんで? 春香さんの家に世話になるんじゃなかったのか?」

『ともかく、入れてよう』

カメラに向かい、泣き出さんばかりの声で訴えかけてくる兄の綺麗な顔が、ディスプレイに映っている。

「……あの……」

どうしよう、と鹿園を見ると、彼はなぜか、酷くがっかりした顔をしていたが、俺の視線に気づいたらしく、力なく笑ってみせた。

「……追い返すわけにはいかないだろうから、オートロック、解除してあげれば?」

「あ、ああ」

何をそう、がっかりしているのかわからなかったが、この部屋のオーナーである鹿園がそう言ってくれるなら、とオートロックを解除する。

「ありがとー」

どうでもいいが、兄は決して頭は悪くないものの、少し舌っ足らずな喋り方が幼いためか、はたまた行動が子供っぽいためか、言葉を表記しようとすると——誰もそんなことは思わないだろうが——ひらがなばかりになる、そんな印象を受ける。

今回もまるで子供のようにはしゃぎながら兄は、開いた自動ドアからマンション内へと入ってきた。

今日、兄と別れる際、鹿園のマンションの住所と部屋番号は確かに教えてはいたが、まさか訪ねてくるとは思わなかった。一体なんの用があるのだろう、と首を傾げているところに、ピンポーン、というドアチャイムの音が響いた。

さっそく玄関へと向かい、ドアを開いてやる。と、そこには泣きそうな顔をした兄が、ぽつんと一人で立っていた。

「大牙あ」

ドアを開いた途端、兄が部屋に駆け込み、俺に抱きついてくる。

「兄貴？」

どうしたの、と顔を覗き込むと兄は、しゃくり上げながらも涙に濡れたその綺麗な顔を上げた。

「もうやだ。春香のとこ、ラブラブなんだもん〜」

「……え？」

意味がわからない、と問い返した俺に尚も縋り付き、兄が泣きながら詳細を語り始めた。

「ずっと二人でラブラブしてるの。それにね、君人《きみと》は僕をマル無視なんだよう。僕が失恋して帰国したの、二人とも知ってるくせに、酷いと思わない？」

「……兄さん……」

だいたいの事情はわかった——ものの、兄の言葉には幾分の誇張が含まれていると俺は冷静に判断していた。

そもそも君人は兄があまり好きではないのだ。というのも、人のものをなんでも欲しがる兄は、春香の最愛の彼氏である君人に、過去何度かアプローチを試みたことがあった。

だが君人は春香にベタ惚れしているため、自分に色目を使ってくる兄を毎度ぴしゃりと撥ね付けていた。学習を知らない兄のことだ、またも君人に色目を使い、ぴしゃりと断られたに違いなく、それが兄のプライドをいたく傷つけ、春香の家を飛び出してきたのではないかと、軽く推察できた。

だがそれを指摘したところで、それこそ学習能力のない兄が反省するとは思えない。兄の背を抱き、天を仰ぎながら俺が諦めの溜め息をついたそのとき、胸の中の兄が顔を上げ、訴えかけてきた。

「大牙、僕もここに泊まるー」

「え？　でも……」

宣言は勝手だが、まずは鹿園の許可がいるだろう、と呆れた声を上げた俺の横で、

「そんな馬鹿な⁉」

と、鹿園がびっくりするような大声を上げたものだから、俺も、そして泣いていた兄も驚き、彼に注目してしまった。

「あ、いや……」

俺と兄のリアクションを見て、自分の異様なまでの動揺っぷりに気づいたのか、鹿園がはっとした顔になり言葉を失う。と、兄は俺の胸を飛び出したかと思うと、いきなりその鹿園に縋り付いていった。

「ロシアン、僕も泊めてくれるよね？　だって行くとこないんだもん。いくら大牙と二人になりたいからって、可哀想な僕をこの寒空に追い出すことはしないよね？」

「あ、いや、その……」

キスせんばかりに顔を近づけ、切々と訴えかけてくる兄を前に鹿園がたじたじとなっている。それじゃあ、脅迫だろう、と俺はつかつかと二人に歩み寄り、兄の襟首を摑んで二人の間に距離を取らせた。

「やーん」

「兄貴、いい加減にしろよ。鹿園が困ってるだろ」

いらぬお節介と思いつつも、今の兄はまさに『ハンター』状態にあることがわかっているため――『ハンター』といっても中古レコード買い取り店ではない、といって果たして何人に理解してもらえるかだが――俺は慌てて鹿園から兄を引き剝がしたのだった。

鹿園は頭脳明晰ではあるが、お坊ちゃんであるためか、こんなに付き合いが長いというのに浮いた噂の一つも聞いたことのない『箱入り息子』なのだ。兄の毒牙にかかれば一発でころっといってしまうだろう。

これで兄がこうも惚れっぽく、そして飽きっぽくなければ俺も口出しをする気はないのだが、好きになった次の瞬間には別れのカウントダウンが始まっているという兄の性質を知っているがゆえに、『箱入り息子』の鹿園のハートに一生消えない傷を残すのではと案じ、尚も鹿園に向かおうとする兄を、めっとばかりに睨んだ。

「じゃあ大牙は僕に出ていけっていうの？」

大きな瞳を涙で潤ませ、兄が俺に訴えかけてくる。

「いや、そうじゃなくて」

鹿園にアプローチをやめろ、と言っているだけだ、と言おうとした俺の前で、兄はぼろぼろと、まさに『真珠の涙』を流し泣きじゃくった。

「ひどい……血を分けた実の弟にまで、冷たくされるなんて……僕が、僕が一体何をしたっていうんだよう」

「……充分してると思うけど……」

これまでの遍歴を思うと、と、思わずぼそりと呟いてしまった俺の声を聞き、兄が声を上げて泣き始めた。

「大牙の馬鹿あ」

「泣くなよ、兄さん」

これが血を分けた兄だと――しかも七つも年上の兄だと思うと情けない、と、思いつつも俺が宥《なだ》めようとしたとき、地の底まで響くのでは、というような深い溜め息が鹿園の口から漏れ、続いて彼の力ない声が響いた。

「……どうぞ泊まってください。大牙の大事なお兄さんですから」

「え？　ほんと？」

途端に兄がぱっと笑顔になり、鹿園へと視線を向ける。

「嘘泣きかよっ」

思わず突っ込んだ俺をまるっと無視し、兄は鹿園に駆け寄ると、またもキスせんばかりに顔を近づけ熱い眼差しを注ぎながら感謝の言葉を述べ始めた。

「ありがとう、ロシアン！　僕、僕、なんでもするからっ」

そんな兄の襟首を摑み、またも後ろに強く引く。

「いたいー」

「だからいい加減にしろって」

め、と兄貴を睨み付けると俺は宿泊を許可してくれた鹿園へと駆け寄り、先ほどの兄と同じく彼に顔を近づけ、こそり、と囁《ささや》いた。

「本当に申し訳ない。助かった」

「大牙？」

至近距離十センチを切るところで見ても男前だと感心せずにはいられないほど、整った顔をしている鹿園が、驚いたように目を見開き俺を見る。心持ち身体を引き気味な彼の耳元に更に口を寄せると俺は、身内の恥、と思いつつも、これだけは言っておかねばという言葉を囁いた。

「できる限り兄貴のお前へのアプローチは俺が阻止するが、お前もまるっと無視してやってくれ。兄貴はちょっとでも相手すると図に乗るからな」

気をつけろ、と言い、鹿園の上腕をぽんぽんと叩く。

「……大牙……」

身体を離し彼を見ると、鹿園はどこか呆然とした顔で俺を見返していた。意味がわからなかったのか、と、またも囁こうとした俺に対し、鹿園が満面の笑みを浮かべたかと思うと、意味不明の言葉を口にする。

「ジェラシー……ジェラシーなのか？」

「へ？」

何が『ジェラシー』なんだ、と問い返そうとしたが、既に鹿園は聞く耳を持ってはくれなかった。

「安心しろ。お前の言うとおりにする！」

力強くそう言ったかと思うと、バシバシと俺の両肩を強い力で叩き、笑顔のまま視線を兄へと移す。

「お兄さん、どうかゆっくりしていってください！　なんのお持て成しもできませんが」

「えー、僕はロシアンの『お兄さん』じゃないよう」

口を尖らせる兄を、それこそまるっと無視した鹿園が、

「ベッドルームをもう一つ用意しなければ」

とスキップしかねない勢いでその場を離れようとする。

「ベッドは大牙と一緒でいいよ。ね？」

さすがの兄も遠慮を知っているのか、鹿園の背にそう声をかけたかと思うと、ぎゅうっと俺に抱きついてきた。

「別にいいけど？」

さっき案内された部屋のベッドは、ダブルサイズといってもいい大きさだった。兄は小柄だし、狭さは感じないだろうと思い頷いた俺と兄を、鹿園が振り返る。

「いや、別に僕の書斎にベッドを用意することもできるんだが……」

いかにも残念そうな顔でそう告げる鹿園に向かい、兄が何を思ったのか、

「イーッ」

と歯をむき出してみせる。

「兄さん？」

何をやってるんだ、と問いかけた俺を尚もぎゅうと抱き締める兄を、鹿園はなぜか恨みがましい目で睨んでいたが、やがて「わかりました」と肩を落とした。

「？　？　？」

わけがわからないが、一応一件落着、ということか、と兄を、そして鹿園を見る。

「大牙と一緒に寝るなんて、久しぶりだねえ」

兄は俺の視線を受け止めると、こりゃ世界中の男を魅了するのも仕方ないかもなあ、と思わずにはいられない、可憐な笑みを浮かべ、そう話しかけてきた。

「確かに」

魔性の男ともいうべき兄の魔力から、鹿園だけは守ってやらねば、と、我ながら友情に篤いことを考えつつ、鹿園へと視線を向ける。

「…………」

その鹿園が、酷く羨ましげな視線を俺と兄に向けてきていることに気づき、彼も超がつくほど優秀な自分の兄を懐かしんでいるのかな、と納得していた俺は、不意に腕が軽くなったのにはっとし、視線を鹿園から兄へと移した。

「あー、ロマネだ！　すごーい！」

目ざとくリビングのテーブルに置かれたワインボトルを見つけた兄が、駆け寄っていく。弟である俺より、どうやら兄にとってはロマネコンティのほうが有り難みのある存在だったらしい。

やれやれ、と溜め息をつき、俺の飲みさしのグラスを一気に呷《あお》る兄を見る俺の横では、鹿園もまた、なぜだか、やれやれ、といいたげな溜め息をつき、鹿園のグラスまでにも手を伸ばす兄の姿を見つめていた。

翌日、鹿園が出かけたあと——因《ちな》みに朝食の支度は、俺や兄が起きるより前にすべて鹿園がすませてくれていた——俺は昨日頭に閃いた計画を実行に移すことにした。

携帯電話を取り出し、まずは春香に連絡を入れる。

『ちょっとトラちゃん、聞いてよ。凌駕の奴、またやりやがったのよ～！』

電話に出た途端、兄についてのクレームをまくし立てようとした彼に俺は、これから鹿園のマンションに来られないか、と声をかけた。

『え？　ロシアンの？　なんでよ？』

「実はまた、ルポライターの麻生《あそう》さんに仕事を依頼したいんだ」

『恭一郎《きょういちろう》なら、あんた、連絡先知ってるんじゃないの？』

「知ってはいるけど、一応春香さんの顔は立てたいと思って」

俺と春香の間で話題に出ている『麻生恭一郎』というのは、業界ではその名を知らない者はいないというほど、有能かつ著名なフリーのルポライターだった。

かつては大手新聞社の敏腕記者だったのだが、その性的指向ゆえに職を追われる憂き目に遭いフリーに転身したのである。

性的指向というのは、春香と親しいことから推察できるかとも思うが、ゲイ、かつショタ、かつネコ、という、茨の道の中でも最高峰といわれる茨の道を歩んでいる。春香言うところの『カマカマネット』の一員である。

以前俺はやはり春香経由で、彼に調査を依頼したことがあった。その際、実に有能な働きをみせた彼に、今回も俺は例の美女の調査を依頼すればいいのだ、と昨夜閃いたのだった。

『別に顔なんて立ててくれなくてもいいわよう』

春香は面倒がったが、そこをなんとか、と了解してもらった。俺が直接頼むよりも『カマカマネット』を頼ったほうが、ことが早く進むと思ったためである。

なんやかんやいっても面倒見のいい春香は、引き受ける際にはぶつくさ言いはしたものの、二時間後には鹿園のマンションまで来てくれた。

「遅かったじゃないか」

焦れ焦れして待っていたため、つい非難の声を上げてしまった俺の目の前、春香がずい、と大型の鉄鍋を差し出してくる。

「そんな口、叩けるの？　あんたたちのためにパエリア作ってきてやったっていうのにさ」

「パエリア？」

なんで、と問いかける俺の横から、兄が「わーい！」と子供のような歓声を上げ、春香にまとわりつく。

「ロシアンは家事全般、得意な上にマメな男だけど、捜査で忙しくて家になんて帰れないじゃないかと思ってさ。彼の分も作ってきたのよう」

トラちゃんも凌駕も世話になるんだし、と言う春香はもしや、俺と兄の母のようなつもりでいるのかもしれない。

「ありがとう……」

実際、鹿園は今日も夕食を作る気満々で出かけていったのであるが、それは言わぬが花だろう、と俺は春香に礼を言い、彼の手から鍋を受け取るとリビングへと案内した。

「何がいい？」

飲み物を尋ねると、「ペリエ」という答えが返ってきた。あるかな、と冷蔵庫を覗き、綺麗に整頓されたその中からボトルを取り出しコップと共にリビングへと向かう。

「大牙、僕はビール」

「昼間っから飲むの？　太るわよ？」

あんたもペリエにしなさい、と兄を叱る春香は、やはり母のようである。

「えー。僕、太らないからいいもん」

兄は口を尖らせたが、春香に言われたとおりペリエを飲んでいた。

「それにしても、ロシアン、いいマンションに住んでるわねえ」

アタシも世話になりたい、とペリエを手に周囲を見回す春香におずおずと問いかける。

「あの、春香さん、麻生さんには連絡取ってもらえました？」

「当たり前じゃないの。いやあねえ。アタシがパエリアだけ届けにきたとでも思った？」

「あ、いや、そういうわけじゃないんだけど……」

むっとした様子の春香の機嫌を俺が慌てて取ろうとしたそのとき、インターホンの音が室内に響き渡った。

「来たみたいね」

春香の声を背にインターホンに走り、画面にうっとりするほどイケメンの麻生の顔を見出す。

「どうぞ、お入りください」

今日も麻生はバイクで来たのか、革ジャンに革パンツというハードな服装をしていた。これでショタかつネコとは、本当に勿体無い、と思いつつ、彼を迎えるために玄関に走る。ドアチャイムが鳴った瞬間ドアを開くと、長身の麻生が渋い笑みを浮かべ挨拶してくれた。

「大牙ちゃん、久しぶり。元気だった？」

「……はい、元気です。ご足労いただき、申し訳ありません」

こんなにかっこいいのに、オネエ言葉なんだよなあ、と勿体無さのあまり溜め息をついてしまいながらも俺は彼に来てくれたことへの礼を言い、どうぞ、とリビングへと通した。

「恭一郎、久しぶり！」

リビングでは春香がソファから立ち上がり、麻生を出迎える。

「久しぶり〜！」

麻生は春香に駆け寄ろうとしたが、何を見つけたのかはっとした顔になると、サイドボードへとダッシュした。

「なに？　どうしたの？」

春香が何事かというように、麻生へと駆け寄っていく。俺もまた、彼は何を見つけたのかと駆け寄っていったのだが、麻生が指さしたものを見て、思わず脱力してしまったのだった。

「かーわーいー——!!」

麻生が指さしていたのは、サイドボードに飾ってあった鹿園の家族写真だった。どうやら鹿園が小学校に入学したときのものらしく、端整な顔立ちをした両親と兄に囲まれ半ズボン姿で映っている。

「……え……」

言っちゃなんだが、昨日から世話になっている俺ですらまったく気づかなかったこの写真に、リビングに入った瞬間気づくとは、と驚いていた俺の前で麻生は、その逞しい身体を捩りまくり、興奮をこれでもかというほど表していた。

「やーん、まさにアタシの理想そのもの！　可愛くて凛々しくて、まさにキングオブ半ズボンよう〜！」

「……キング……」

「プリンスとかのほうが、『半ズボン』には相応しいんじゃないのお？」

あまりの興奮ぶりに、お仲間であるはずの春香までもがどん引きしている。が、兄は少しもたじろぐことなく、淡々とした口調で麻生に話しかけた。

「でもさあ、恭一郎、この半ズボンの子、今はもう長ズボン穿いてるよ」

「あら、凌駕、久しぶりじゃない。相変わらず失恋旅行繰り返してるの？」

意地悪を言われたから意地悪で返す、というわけか、それまでのくねくねぶりはどこへやら、麻生がじろりと兄を睨み、そんな嫌みを言い出す。

「いじわるー」

「意地悪はどっちよ」

「まあまあ」

兄と麻生、二人がいがみ合うのを、春香が宥める、そんな三人を前に俺は、一体いつになったら本題に入れるのかと、溜め息をつかずにはいられないでいた。

「喧嘩するんじゃないわよ。ほら、トラちゃん、恭一郎に調べてもらいたいことがあるんでしょ？」

俺の憂いを見抜いたのか、春香が話題を振ってくれる。

「ああ」

「そうそう、聞いたわよ。事務所、爆破されたんですって？　その絡みかしら？」

麻生は兄を無視することに決めたらしく、俺の案内でソファに座ると、俺に同情的な視線を向けながらそう問いかけてきた。

「ああ。いろいろ考えたんだが、昨日、最後に依頼にきた人物が怪しいんじゃないかと思えて……」

「最後ってあの、女装の男？」

同じくソファに座った春香が抜群の記憶力を発揮するその横で、兄が更なる記憶力を発揮する。

「依頼人って、だって大牙、あの人は依頼に至らなかったって言ってたじゃないか」

「あ、まあ、そうなんだけど……」

動揺する俺に、春香と兄が冷たい目を向ける。

「何よ、嘘ついたの？」

「兄弟間で隠し事なんて、お兄ちゃんは悲しいな」

二人からのブーイングにどう対処しようかと、あわあわしていた俺に救いの手を差し伸べてくれたのは麻生だった。

「家族間の揉め事はあとにしてよ。で？　その依頼人について探ってほしいってわけ？」

なぜか酷くやる気になっている様子の麻生に促され、渡りに舟とばかりに俺は「そう」と大きく頷いた。

「名前は？」

「鈴木苑子と名乗った。が、多分偽名だと思う」

「ま、偽名よね」

「美白の女王だもんね」

春香と兄の突っ込みを無視し、麻生が「他には？」と問いかけてくる。

「日比谷のPホテルに滞在していると言っていた。言葉のイントネーションから日本人じゃないな、という印象を持った。外見は絶世の美女なんだが、兄貴や春香さんは女装の男だと言っている」

「うん、あれは男ね。年齢は二十五、六歳。工事してるかは微妙。多分してないかな～」

「日本人じゃないね。香港か中国か。僕も二十五、六歳だと思った。身のこなしに隙がなかったから、武術かなんかやってるんじゃないかなあ」

俺の説明のあと、春香と兄がそれぞれの見解を口にする。俺は対面したが、二人は擦れ違った、もしくはちらと見やっただけなのに、よく観察していたな、と感心していた俺の耳に、麻生の声が響いた。

「で、その女だか男だかわからない依頼人の、依頼内容はなんだったの？」

「ああ……」

やはりそれを言わずに依頼はできないか、と俺は一瞬の逡巡《しゅんじゅん》のあと、依頼内容を明かそうと決めた。

「男を探してほしいと言われた。華門饒という名の男を」

「カモンジョー？」

「本名じゃないね、それ」

春香と兄、二人してそう言うのに、麻生もまた首を傾げる。

「そのジョーっていうのは、どういう人物なのか、説明はあったの？」

麻生の問いに俺は「いや」と首を横に振った。

「今は都内にいる、という説明しかなかった。探しようがないので断ったんだが……」

ここで俺は嘘をついた。この嘘は大勢に影響なしと判断したためだったが、果たして春香と兄、それに麻生もまた俺に疑いの目を向けてきた。

「本当に断ったの？」

「実は受けたんじゃない？　多額の前金積まれてさ」

春香も兄も、洞察力に優れすぎていてとても太刀打ちできない。が、ここで『嘘だった』といえば更に責められると思い、俺は「嘘じゃない」とそれこそ『嘘』を貫いた。

「華門饒という名の男を探す、謎の美女、実は女装の男、か。面白そう。探ってみるわ」

麻生は俺が嘘をついていようがいまいが、そう興味がなかったようで、笑顔でそう頷くとそのままソファから立ち上がった。

「なによ、もう行くの？」

春香がそんな彼に驚いたように声をかける。

「恭一郎は何をそんなに張り切ってるの？」

兄もまた不思議そうに問いかけたのだが、部屋から出ていこうとする彼のあとを慌てて追った俺は、麻生が振り返り告げた答えに、脱力したあまりその場にへたり込みそうになった。

「成功報酬にあの写真、焼き増してもらおうと思って」

『あの写真』と麻生が指さしているのは、先ほど彼が『かわいー』と悲鳴を上げた、鹿園の半ズボン姿の写真だった。

「できることなら、彼が一人で写ってるのがいいんだけど」

はあ、と乙女のように胸に両手を当て、溜め息をつきながら、麻生がうっとりした目で写真を眺める。

「その程度のこと、トラちゃんに頼めば一発よ。なんたってロシアンはトラちゃんの言うこと、なんでも聞くんだから」

ねえ、とにやにや笑いながら声をかけてくる春香に、

「……まあ、ねえ」

と相槌を打つ。実際、友情に篤い鹿園であるので、俺が『半ズボンの写真が欲しい』といえば焼き増しくらいはしてくれるだろうが、なぜ欲しいのかという理由付けには苦労しそうだった。

「きゃー！　嬉しい！　そしたら大牙ちゃん、いってきます！」

黄色い悲鳴を上げ、麻生が部屋を出ていこうとする。いや、鹿園の半ズボンの写真は確約できないし、と慌ててあとを追った俺は、そんなこと以上に言わねばならないことがあったと今更思い出し、麻生の腕を摑んで足を止めさせた。

「なに？」

「もしかしたらその『鈴木』さんは、香港か大陸のマフィアの手先ではないかという可能性があるそうです。充分、気をつけてください」

「いやあね、ビル爆破の時点で、そのくらいのことはわかってるわよ」

何を言ってるんだか、と麻生が、我ながら真剣この上ない口調で告げた俺の言葉を、一刀両断斬り捨てる。

「恭一郎、さすがあ」

「がんばってえ」

この中で一番頭が回ってないのは俺か、と落ち込んでいる俺の横で、春香と兄が黄色い歓声を上げる。

「がんばるわよう。理想の半ズボン写真ゲットのために！」

麻生は二人と、そして呆然としていた俺に向かい満面の笑みを浮かべると、高らかにそう宣言し、脱力しまくる俺を残し颯爽《さっそう》と鹿園のマンションをあとにしたのだった。

5

その日の夜も鹿園《しかぞの》は、お前は本当に捜査の責任者か、と問いたくなるような早い時間に帰宅し、有り難いことに——実際は捜査に身を入れてくれたほうがよっぽど有り難くはあるのだが——俺と兄に夕食を作ってくれようとしてキッチンへと向かっていった。

「あれ」

だがキッチンに入った途端、春香《はるか》が作ってきてくれたパエリアの大鍋に気づいたらしく、慌てた様子で俺と兄のいるリビングへと駆け戻ってくると、まず兄に対し問いを発した。

「あのパエリア、お兄さんが作ってくださったんですか？」

「違うけど」

因《ちな》みに僕は君のお兄さんでもないよ、と続けた兄の言葉を、鹿園は既に聞いていなかった。

「ということは大牙《たいが》が作ってくれたのか？」

「ええっ？」

ぶっちゃけ、俺は料理が苦手で、殆どしたことがなく、たいていは外食かコンビニ弁当ですませてしまうのだが、それを鹿園も知ってるだろうに、と驚いたあまり否定するより前に大声を上げた俺の前で、鹿園がまさに『喜色満面』という表情になった。

「そうか、大牙が作ってくれたのか。僕のために！」

「いや、そうじゃなく……」

この部屋にいるのは俺と兄であり、兄が否定したから俺が作った、という論法なのだろうが、それはない、と俺は慌てて否定の言葉を口にしたが、鹿園の耳に俺の声は最早届いていなかった。

「大牙の手作りのパエリアを食べられるなんて、なんて嬉しいんだ！」

「だからそれは……」

否定しようとした俺の袖を、兄がつんつんと引いてくる。

「なに？」

「いいんじゃないの？　誤解させたままのほうが、ロシアンは幸せだと思う」

「いや、だってあれは春香さんが作ってくれたんだし」

嘘はよくない、という俺に兄は、

「だってあんなに喜んでいるんだよ？」

言わないほうがいい、ときっぱり言い切り、俺の口を塞いだ。

「付け合わせのサラダと、何か簡単に一品、作るよ」

キッチンから、やたらと浮かれた鹿園の声がする。

「真実を知らせないのも優しさだと思うよ」

兄の説得に折れた——というわけでもないのだが、それを作ったのが春香だと告げると、日中彼が来たことが鹿園に知れる。そこから芋蔓式《いもづるしき》に、実はルポライターの麻生も来た、という話になるのを恐れ、結局俺は口を閉ざすことにした。

「美味《おい》しい。本当に美味しい」

パエリアを食べながら、鹿園は何度もそう繰り返し、どれだけ美味しいかを言葉を尽くして説明してくれた。

作った料理をそこまで賞賛してもらえれば、作り甲斐もあったことだろう。あとで春香に教えてやろうと、手柄を独り占めにしている後ろめたさを覚えつつも食事を終えると、俺はまた後片付けは自分がする、と申し出た。

「それなら」

はい、と鹿園が、昨日俺に渡してくれたのと同じ、フリルがひらひらついた白いエプロンを手渡してくる。

「……ありがとう」

もともとやる気でいたが、昨日のように『僕がやるからいいよ』的な台詞《せりふ》がまったく出てこないことにちょっとした驚きを抱きつつも、俺は渡されたエプロンをつけ、流しに立とうとした。

「エプロン、似合うね。新妻みたい」

上げ膳据え膳は当たり前、とばかりに、早くもテレビの前に置かれたソファを一人陣取っていた兄が、エプロン姿の俺を振り返り、そんな、世辞だかなんだかわからない言葉をかけてくる。

「兄貴がやったっていいんだぜ」

だが俺がそう言うと兄は聞こえないふりを決め込み、テレビの電源を入れた。まったくもう、と腕まくりをし、洗い物を始めようとする俺の耳に、照れている様子の鹿園の声が響く。

「新妻か……」

「え？」

何が『新妻』なんだ？　と問いかけると、途端に鹿園は慌てた素振りで首を横に振り、俺が洗った食器を布巾で拭き始めた。

洗い物をすませると鹿園は、自室へと俺を誘ってきた。捜査状況を説明したいのだという。

「ここじゃ、駄目なのか？」

リビングを見やりながら問うた俺は、お笑い番組に大笑いしている兄を見て、確かにここでは話にならないかも、と溜め息をついた。

「わかった。お前の部屋に行こう」

兄にはあとから説明すればいいか——まあ、興味があれば、の話だが——と思い、鹿園の

あとに続こうとした俺の耳に、

「ピンポーン」

　というインターホンの音が響く。

「誰だ？　こんな時間に……」

　鹿園が、なぜにそうも不機嫌になる、といった苛ついた口調で呟きながらインターホンへと向かっていく。なんとなく彼のあとを追った俺は、インターホンに映る男の姿に驚いたあまり、

「あ！」

　と声を上げてしまった。

「大牙？」

　鹿園が振り返り、俺を見る。画面の中、手を伸ばしてもう一度、ピンポン、とインターホンを鳴らしたのはなんと——昼間仕事を依頼したルポライターの麻生《あそう》だった。

「誰だ？」

「悪い！　俺に客だ」

　慌てて鹿園を押しのけ、インターホンの受話器を取り上げる。

「麻生さん、すみません！」

『大牙ちゃん、出るの遅いわよ。早く開けてよ』

苛ついた声がインターホン越しに響く。

「麻生恭一郎《きょういちろう》……」

呟いた鹿園が、あ、と小さく声を上げたのが聞こえ、ルポライターの麻生だと気づかれたか、と察した俺は、受話器に向かい早口で言葉を続けた。

「悪い、これから俺が下に行くから！」

『えー？』

麻生が、なぜ中に入れてくれないのだといわんばかりの不満げな声を出す。彼に対しなんとか言い訳せねば、と思っていた俺は、いきなりインターホンの受話器を奪われ、はっとして俺からそれを奪い取った相手を——鹿園を見た。

「麻生さんですね。どうぞお入りください」

インターホンに向かい、淡々とそう告げた鹿園がオートロックを解除する。

『お邪魔しまあす』

麻生がカメラに向かってシナをつくって見せたあと、自動ドアに向かってダッシュする姿が画面に映る。それを目で追っていた俺は、横から注がれる痛いほどの鹿園の視線に気づき、愛想笑いを浮かべつつ彼を見返した。

「大牙、ルポライターの麻生恭一郎がお前になんの用なのかな？」

鹿園が、にっこり、と微笑《ほほえ》み、俺に問いかけてくる。長い付き合いゆえわかるが、彼がこうして冷静さを保っているように見せているときこそ、怒りのボルテージは凄まじいのだ。

答えによっては、ブチ切れられかねない、と俺が首を竦めたそのとき、タイミングのいいことにドアチャイムが鳴った。

「…………」

鹿園が溜め息混じりに玄関へと向かう。俺がそのあとを追ったのは、鹿園が麻生を問い詰め、俺の依頼内容を知ることを恐れたためだった。

なんとかこの場を誤魔化し、麻生を外に連れ出したい——という俺の望みは、だが、鹿園がドアを開けた瞬間空しく潰《つい》えた。

「大牙ちゃん、わかったわよ！　謎の依頼人の正体！」

なんと、ドアがまだ一センチも開くより前に、麻生がそう大声を出したからである。

「謎の依頼人？」

鹿園の俺を見る目が厳しくなる——が、次の瞬間、ドアから飛び込んできた麻生に、穴の空くほど顔を見つめられ、さすがにそっちへ目線を移さざるを得なくなった。

「……あの……？」

「もしかしてあなたが、あの半ズボンの子ね!!」

胸の前で手を組み、きゃあ、と黄色い声を上げる麻生を前に、鹿園は完全に腰が引けていた。

「半ズボン……？」

「やーん、面影あるわあ。ときめいちゃう」

「あ、あの、麻生さん。よかったら外、行きませんか？」

鹿園のこの引きっぷりからすると、このまま外に出ても止めはしないだろう、と、俺はすかさず麻生の腕を取ったのだが、麻生も、そして鹿園も、俺の思ったとおりには動いてくれなかった。

「いやよう。もう一回、写真見たいわあ」

「大牙、話ならここですればいいじゃないか」

うっとりした顔で首を横に振る麻生の前で、鹿園がはっと我に返った表情になり、俺に厳しい視線を向ける。と、リビングからぱたぱたと廊下を走ってきた兄の足音がしたと同時に、あまりに呑気な彼の声が響いた。

「恭一郎、いらっしゃい。さあ、どうぞ入って」

ここはお前の家か、といいたくなるほどの自然さで兄が麻生を導き、リビングへと誘う。

「お邪魔しまーす」

麻生が兄のあとに続き、鹿園もまた彼に続く。これはもう、言い逃れはできないと覚悟を決め、俺もそのあとに続いた。

「恭一郎、なんか飲む？」

やはり兄はここが自分の家かのように振る舞い、リビングに入りながら麻生にそう尋ねたのだが、そのときには麻生はもう、サイドボードへと駆け寄っていた。

「ただいま～!　ダーリン」

「え」

自分の家族写真を手に、にっこりと微笑みかけている麻生を前に、鹿園が戸惑った声を上げる。

「……ダーリン？」

鹿園は多分、麻生がゲイであることには気づいていようが、ショタ、かつネコ、ということまでは把握していないだろう。

まさかその『ダーリン』が少年時代の自分であるとは思うまい、とわかるだけに、俺は慌てて麻生に駆け寄り、彼の手から写真を取り上げた。

「なによう」

「ごめん、話、話を聞かせてくれますか？」

これ以上、鹿園を刺激したくない、という思いから俺は麻生から取り上げた写真をサイドボードへと戻し、彼の腕を引いてソファへと向かった。

「ああ、そうだったわね」

目的を忘れるところだったわ、と麻生がようやく話を始める気になったところに、またも兄の邪魔が入る。

「恭一郎、ねえ、何飲む？　ワインもシャンパンも、超高級なの、あるよ」

本当にここは誰の家だ、というようなことを言い出した兄に、麻生は一言、

「バイクだからアルコールは駄目よ」

と言い捨てると、有り難いことにあとは「それじゃ、ウーロン茶？」と問う兄を無視し、俺に調査結果を報告し始めた。

「確かにPホテルには、スズキソノコ名での宿泊者はいたわ。でもチェックイン時に書いた予約カードの住所はデタラメね。ホテル側も察していたけど、最上級のスイートを二週間、しかも全額前払いすると言われて、見て見ぬふりしたみたい」

「あの一流ホテルがね」

意外さから、へえ、と思わず口を挟んだ俺に向かい、麻生が肩を竦めてみせる。

「一泊百万のスイートだからね。今、外資系ホテルはどこも火の車だから、受け入れざるを得なかったみたいよ」

「ああ、知ってる。インターネットでよく、ダンピングしてるよね」

ここで兄が口を挟んできたが、麻生も、そして俺も、構っているとまた話題が逸れる、とわかっていたため、彼の発言をまるっと無視し、話を続けた。

「で？　素性はわかりました？」

「当然よ。あたしを誰だと思ってるの」

麻生が俺を睨む。

「麻生恭一郎さん」

ここでまた横から兄が口を出したが、またも俺たちは彼を無視した。

「すみません。失言でした」

「いやね、冗談よ。やっぱり日本人じゃなかった。香港《ホンコン》マフィアの幹部。名前は林《リン》・輝《フェイ》。ボスの一人息子らしいわ」

「香港マフィアだって？」

今度、横から口を出してきたのは兄ではなく鹿園だった。ぎょっとしたように目を見開いた彼が、

「どういうことだ？」

と俺に問いかけてくる。

「……実は……」

ここで俺は鹿園に、隠していたことを打ち明けるべく話し始めた。

「……爆破の前日、最後の依頼人がちょっと気になったので、麻生さんに素性を調べてもらったんだ」

「どうして警察に頼まない？」

予想どおり俺の言葉に鹿園は激昂《げっこう》した。怒鳴りつけてくる彼をなんとか宥《なだ》めようと、必死で頭を働かせる。

「いや、依頼人といっても、結局依頼に結びつかなかったし、それに、なんとなく気になってくらいで、警察を動かすのも申し訳ないと思ったし……」

「どんなことでもいい、気づいたことはすべて教えてほしい……大牙、お前だって以前は刑事だったじゃないか。どんな小さなことでも解決の糸口になり得ると、わかっているはずだろう？」

「悪かった。本当に」

それを言われればもう、ぐうの音も出ない。確かに隠すべきではなかったが、華門《かもん》の名を告げずにすませることができそうになかったので、俺は警察にでは——鹿園にではなく、麻生に依頼したのだった。

だがそれこそ、この理由は説明できない、と、なんとかそれらしい理由を探していた俺の頭に、ぴんと閃くものがあった。

「……だが、俺が『なんとなく変だ』と思った根拠っていうのが、春香さんと兄さんが、絶世の美女に見えたその依頼人を『男』だと言ったから、というものだったもんで、それで警察には頼まなかったんだ」

「あら、それが、あたしに頼んだ理由だったたってわけ？」

あちらを立てればこちらが立たず――途端に麻生がむっとした声を上げ、俺をじろりと睨《にら》んでくる。

「あ、いや、その……」

今度はどうフォローすりゃいいんだ、と頭を抱えそうになっていた俺の横で麻生は、

「ま、いいわ」

と、眉間《みけん》の皺《しわ》を解くと、にやり、と笑い、言葉を続けた。

「思わぬ特ダネになりそうだから、許してあげる」

「特ダネ？」

なんだ、と身を乗り出し問いかけた俺に向かい、麻生も身を乗り出すと――因みになぜか兄も、そして鹿園も身を乗り出してきて、俺たちは四人で頭を付き合わせるような状態となっていた――またも、にや、と笑い、口を開いた。

「大牙ちゃんが言ってた林の依頼内容――『華門饒《じょう》』を探してほしいという、あの依頼の意味がわかったのよ」

「なんだって？」

それは俺が最も知りたいことだった、と大声を上げた俺の横で鹿園が、

「華門？」

と首を傾げ、その横では兄が「意味？」と、おそらく話を一ミリも理解していないだろう

に口を挟んでくる。

「そう。林の父親が香港マフィアのボスだって話はさっきしたわよね。その香港マフィアが日本上陸を狙ってるの。で、上陸をスムーズに運ぶために、今、新宿を牛耳《ぎゅうじ》ってる主要な組のトップの暗殺を計画しているんですって。『華門饒』というのは、どうやら有名な殺し屋らしいの。彼に組長たちの暗殺を依頼したいから――林の狙いはおそらくそれよ」

「…………」

麻生が目を輝かせながら話してくれた調査内容に、俺は一言も相槌を打つことができずにいた。あまりにショックを受けすぎていたためである。

あの美女は――マフィアの一人息子ということだから、女装の美男、ということになるのだろうが――『殺し屋』としての華門を探していた。もしも俺が華門を探し出し連絡先を伝えれば彼は、華門に殺しを依頼しただろう。

依頼を受ければ華門は依頼どおり、人殺しをするのだろう。そう思った途端、なぜか俺の胸はぎりぎりと痛み、理由のわからないその痛みが俺をこうも動揺させていたのだった。

「華門饒についても少し調べたわ。カモン・ジョーなんて冗談みたいな名前だけど、一応漢字表記だし、読みは日本人っぽいけど、国籍も、それに年齢も不明よ。ただ、若い頃に香港で修業を積んだってことは間違いないみたい。林の父親の組織に所属していたという話も出たわ」

「そうなんだ……」

「華門、饒！」

ようやく気力を取り戻し、相槌を打った俺の声と、鹿園の叫びが重なる。

「鹿園？」

いきなり名前を叫ぶとはどうした、と問いかけた俺は、続く彼の言葉に、思わず、あ、と声を上げそうになった。

「華門饒……ジョー・カモンのイニシャルはJ・Kじゃないか！　もしや闇社会でも有名な殺し屋J・Kというのは、彼のことなんじゃないのか？」

「ああ。そうね！　その可能性は高いわ！」

俺が声を失っている間に、麻生が飛び上がらんばかりになり、鹿園の手をぎゅっと握る。興奮している鹿園は、麻生の目がやたらとうっとりしていることに気づくことなく、彼に、そして俺に、自身の考えをまくし立てた。

「わかったぞ。お前のところに香港マフィアからJ・Kを探してほしいと依頼があったのは、お前がかつてJ・Kのターゲットになったと知ったからじゃないか？」

「そ、そうかな……」

彼らの意図は、果たして鹿園の推察どおりかは、俺には判断がつかない。が、それもありかな、と首を傾げた俺の前で、鹿園が尚も彼の推察を語り続ける。

「お前が、命を狙われたはずなのに生きているのを見て、彼らはお前とＪ・Ｋの間に何か繋がりがあるとでも勘違いしたんじゃないだろうか。だから事務所を爆破した……ああ、そうだ、そうに違いない！」

力強く頷く鹿園の声が室内に響く。

「いい読みだと、あたしも思うわ～！」

麻生が相変わらずうっとりした目で鹿園を見つめ、ぎゅっとその手を握り締めた。

「あなたもそう思いますか？」

自分の推察に同意してもらえて嬉しい、と鹿園も麻生の手を握り返す。

「えー、でもさ」

と、そこに兄の、呑気、としかいいようのない声が響き、室内の異様に盛り上がっていた――盛り上がっていたのは鹿園と麻生のみであったが――空気を一気に萎めていった。

「なんでその、デザイナーみたいな名前の殺し屋と繋がりがあるからって、いきなり事務所を爆破するかなあ。爆破することであの女装男は何をしたかったわけ？　目的がまったくわからないよ」

鹿園と兄は殆ど接点がない。それゆえ彼は、兄が馬鹿みたいな喋り方をしているため、頭も軽いと思っていたようだ。が、実は兄はかなり頭が切れる上に、記憶力なども――まあ、カタカナやアルファベットには弱かったが――俺などとは比べものにならないくらいにいいのだった。

だからこそ、兄が一人で切り盛りしていた頃の探偵事務所は、相当流行《はや》っていたのだ。

「目的は……そうだな、嫌がらせ、とか……」

兄が口にした的確な疑問に、鹿園がタジタジとなりながら答えかける。が、それを兄はまたも的確としか言い様のない言葉で一蹴《いっしゅう》した。

「誰に対する嫌がらせ？　だってマフィアは日本のヤクザの組長を殺すためにその殺し屋を探しているんでしょう？　なら彼に対する嫌がらせってことはないだろうし、彼と関係があるのかないのかもわからない、かつてのターゲットに対して嫌がらせをするなんて、ないと思うんだけどなあ」

「……確かに……」

鹿園が呆然としつつも、相槌を打つ。

「凌駕《りょうが》、冴えてるわねえ」

麻生もまた感心した声を上げたのに気をよくしたのか、兄は「えへへ」と可愛く——三十八歳にして『えへへ』もないと思うが——笑うと、実に鋭い、としかいいようのないことを言い出し、俺を青ざめさせた。

「事務所が爆破された理由は、たとえば、Jなんとかっていう殺し屋の居場所を大牙が知ってるのに隠しているとマフィアは思ってる。それで脅しをかけてきた、とかならわかるけどさあ」

「確かに、それなら納得できるわね」

頷く麻生がいつまでも握っていた手を振り払い、鹿園が俺へと向かってくる。

「大牙、お前、J・Kの居場所を知ってるのか？」

「なんで俺が知ってるんだよ。知るわけないだろ？」

顔が引き攣りそうになるのを必死で堪え、鹿園に言い返した俺を、兄が厳しく追及してくる。

「大牙、マフィアが探してた『華門饒』って男が、殺し屋のなんとかKだって、気づかなかったの？」

「え」

なぜに『華門饒』というフルネームを覚えられるのに、J・Kのローマ字たった二文字が覚えられないのか、――などという疑問を覚える余裕が、そのときの俺にはなかった。あまりに鋭い兄の突っ込みについ絶句してしまっていた俺を、鹿園が、そして麻生が訝しげに見やる。

「その沈黙……大牙ちゃん、ほんとに気づかなかったの？」

鹿園は何も言わなかったが、麻生は覚えた疑問をストレートに俺にぶつけてきた。

「気づかなかった。なぜ、気づかなかったんだろうと、自分が情けなくて……」

沈黙に対し、なんとか『らしい』理由付けをしながら俺は、これ以上兄が鋭く突っ込んでこないことを切に祈っていた。

「まあ、そうだよね。大牙は依頼人がマフィアって気づいてなかったんだもんね」

と、俺の祈りが通じたのか、兄がにこ、と笑い、そんな救いの言葉を口にする。さすが兄弟、心が通じ合っているのか、と俺は兄に対し感謝の眼差しをこっそり注ごうとしたのだが、次なる兄の言葉で俺たちの心はちっとも通じてないことがわかった。

「大牙はもともとぼんやりさんだもんね。あの依頼人を女と思い込んでたくらいだし……僕の要求水準が高すぎたね。ごめんね。僕が間違ってた」

「…………」

兄が嫌みを言っているのならともかく、心底申し訳なさそうな顔をしているだけに、そうも能力がないと思われているのか、と俺のプライドはぐさぐさ傷ついたものの、今はプライドよりこのまま話題が流れるほうを選んだ。

幸いなことに、兄の言葉に麻生も、そして鹿園も、ちょっと足りない可哀想な子を見る目で俺を一瞬見やったあと、わざとらしく咳払いし、話題を変えてくれた。

「話を戻しましょう。大牙ちゃんとJ・Kの間に繋がりがあるというマフィアの誤解は解けたのかしら？　それとも未だ継続中かしら？」

麻生の問いに兄が、うーん、と首を捻《ひね》りながらも答える。

「継続中じゃないかな。誤解を解く機会はなかったし」

「なんだって？　それじゃ非常に危険だということじゃないか！」

と、そのときいきなり鹿園がそんな大声を出したものだから、俺も、そして兄も麻生も驚き、突如として立ち上がった彼を見やった。

「もしもし？　今、誰がいる？」

優雅、かつ迅速な動作で携帯をポケットから取り出し、鹿園がどこかへと電話をかけ始める。

「わかった。すぐに三名、僕の自宅に寄越してくれ。住所はわかるな？」

きびきびした口調でそう告げたかと思うとすぐに電話を切り、そのまま玄関へと走る。

「鹿園？」

どうしたんだ、とあとを追うと彼は、ドアチェーンをかけているところだった。先ほど麻生が来た際、施錠はしたがチェーンまではかけていなかったのだ。

「もしもお前がここにいることがマフィアに知れたら、奴らがまたやってくるかもしれないだろう？　今、応援を呼んだ。これからお前を常時三人体制で二十四時間警護する」

「いや、その必要はないよ。現に昨日も今日も、身の危険を感じるようなことはなかったんだし……」

まさか先ほどの鹿園の電話が、俺を護衛するために部下を呼びつけたものだったとは、と驚きながらも俺は、大丈夫だ、と彼を説得にかかった。

「狙おうと思ったらいつだって狙えたはずだろ？　コッチはまるで警戒してないんだから」

「相手はマフィアだぞ。何を考えているかわからないじゃないか。油断させておいて、明日一気に、ということだってあるかもしれない」

「ないよ」

「なぜ、ないとわかる」

鹿園が俺の身を心配してくれているというのは痛いほどにわかるし、マフィアの行動を読み切る自信はなかったが、マフィアがその気になればこのマンションをまた爆弾で吹っ飛ばすことくらいはやってのけるだろう。となると護衛をつけるだけ無駄だし、何より彼らの身まで危険に晒すというのは、申し訳なさすぎる。

鹿園を巻き込むのもまた申し訳ないと——この豪奢《ごうしゃ》なマンションに、本当に爆弾でも投げ込まれたらことだと思い、俺は早々にここを出る決意を固めた。

「もしもマフィアが俺に対してまた何か仕掛けてくるとしたら、ここにいては迷惑になる。ホテルにでも行くことにするよ」

ホテルへの迷惑はどうなる、と心の中でセルフ突っ込みをしつつそう告げた俺を、鹿園が怒鳴りつけた。

「迷惑なわけないだろう!!　大牙を守るのは僕だ!!」

「……え……？」

　その台詞は、どちらかというと同性向けではなく異性向けなんじゃないかと思う。自分の身くらい、自分で守れないというのは男としてどうかと思うし——という戸惑いから、そう声を上げてしまった俺の前で、鹿園が「あ」と小さく声を漏らしたあと、みるみるうちに顔を赤らめてゆく。

「……あの……？」

　何を恥ずかしがっているのだ、と訝《いぶか》り、問いかけた俺の背後から、やかましい声が響く。

「きゃー、今のロシアンの台詞、ドラマみたいー！」

「熱烈な告白だったわねえ」

　いつの間にリビングから出てきたのか、兄と麻生がにやにやと意味深に笑いながら鹿園に声をかける。

「告白？」

　何が、と俺が問い返すと、二人はまた一段と高い声を上げ騒ぎ始めた。

「えー、大牙、まさか気づいてないの？」

「鈍いわねえ。あんなにストレートに言ってるのにさ」

「やめてください。二人とも」

　きゃあきゃあと騒ぐ二人に、真っ赤な顔をした鹿園が食ってかかる。何がどうなっているのかと、啞然としてその様を眺めていた俺の脳裏にふと、あの依頼人の美女——実は林輝という名で、香港マフィアのボスの息子だという男の顔が浮かんだ。

『華門饒という男を探してほしいのです』

少しも笑わぬ目で告げた彼女——ではなく、彼は、一体何を思い、俺に接近してきたのだろう。

俺が華門と連絡を取り合っていることを知って、俺の事務所を訪ねたのか。依頼をしたのに俺が、華門という男など知らないというスタンスを取ったために彼は事務所を爆破したのか？　なんのために？　兄の言うとおり、俺を脅し揺さぶりをかけるためか？　しかしそれなら、第二、第三の揺さぶりがあってもいいように思われるのだが、それがないということは、もしや——。

「…………」

あ、と思わず声を上げそうになり、俺は慌てて唇を引き結ぶと、相変わらず兄と麻生、そして鹿園がぎゃあぎゃあ騒いでいる玄関前から後ずさり、そっとリビングへと戻っていった。

一人ソファに座り、先ほど閃いた考えを、ゆっくりと頭の中で反芻《はんすう》する。

マフィアからの攻撃がぴたりと途切れたのはおそらく、俺が華門に連絡を取る手段を失ったことを、奴らが知ったからではないだろうか。

だからこそ、俺を構うのをやめたのではないか——考えながら、いつしか俺は手の中に、ポケットから取り出した携帯を握っていた。

果たして華門は今、どこにいるのか。あの美女と見紛う美青年と彼は、一体どういう関係なのか。昔馴染みなのだろうか。何か特別な関係はあるのか——。

「…………それがどうした……」

酷くやきもきしている自分に気づき、呟きでそんな己の気持ちを否定しようとした俺の頭に、華門のクールな顔が浮かぶ。

めでたくあの女装の美男が連絡を取れた暁には、華門は彼の依頼を受け、ヤクザの組長たちを殺すのだろうか。

彼は殺し屋であるから、まあ、殺すのだろうな、と思う俺の口から、大きな溜め息が漏れた。

彼の手が血で汚れていることは勿論《もちろん》知っている。それでもなぜか華門には、これ以上人を殺《あや》めないでほしいという望みを、俺は抱かずにはいられないでいた。

鹿園の命令で、三十分後には彼の部下が三人、マンションへとやってきた。

「僕が居る間は室内はいい。ドアの外に二人、そしてマンション前に一人待機しろ」

鹿園がきびきびとした口調で、部下三人に——因みに三人とも、俺のまったく知らない若者だった——配置を指示し、三人が口々に返事をして決められた場所へと向かっていった。

彼らが到着するより前に麻生はマンションをあとにしたのだが、彼の手には鹿園の許可を得て貰ったあの『家族写真』があった。

鹿園がどん引きしつつも写真を渡したのは、麻生の持ってきた情報に多大な感謝をしていたことと、今後も彼から『林輝』とそして『華門饒』の情報を流してもらうことへのギブテだった。

なぜそれが『ギブ』になるか、鹿園はわかっていなかったが、

「報酬はコレがいい!!」

と主張する麻生を断り切れなくなったようだ。

寝る段になると鹿園は俺と兄貴が寝る部屋にやってきて、自分もここで寝る、と言い出し、

俺を驚かせた。

「寝るってどこに？」

有り難いことにこの部屋のベッドはダブルサイズゆえ、相手が小柄な兄ということもあるが、男二人でも寝ることができていた。が、鹿園も加えて三人というのは不可能だ。

別に同じ部屋に寝ずとも、同じマンション内にいるのだし、何より彼の部下が三名もで護衛しているのだし、大丈夫だ、と何度も鹿園を部屋に帰そうとしたが、彼は言うことを聞いてくれず、床に布団を敷き出してしまった。

「じゃあ、お前がベッドに寝ろよ」

厄介になっている立場であるのに、俺と兄がベッドで部屋の主が床というのはおかしい、と俺は「えー」と嫌がる兄を無理やりベッドから引きずり下ろし、床に寝ようとした。

「お兄さんはベッドでいいよ」

「だから僕はロシアンのお兄さんじゃないよう」

鹿園もまた、床でいいといって譲らず、結局は床で三人、川の字になって寝ることになった。

「なんか、キャンプみたいだね」

うきうきとした声を出す兄を中心に、右と左に別れた俺と鹿園の口から、大きな溜め息が漏れる。

俺の溜め息は、呑気すぎる兄に対するものだったのだが、同意を求めて鹿園を見ると、彼はやるせない、としかいいいようのない目で俺を見つめてまたも大きな溜め息をつき、なんのことやら、と俺の首を傾げさせたのだった。

翌日、鹿園は一人出勤していったが、部下三名は残留となった。

「いや、本当にもう、大丈夫だから」

ちょっと考えるところがあった俺は、なんとかその三人の若き警察官を、鹿園と共に職場に向かわせようとしたのだが、鹿園は決して首を縦には振らなかった。

「何かあったらどうする？」

相手は香港マフィアだ、と逆に彼は俺を諫《いさ》め、それどころか外出禁止令まで出した上で一人出かけていったのだった。

「失礼します」

鹿園と入れ違いに、二人の刑事が部屋に入ってきた。聞けば鹿園に室内で待機するようにと命じられたという。

「昨夜は寝てないんでしょう？　だいじょうぶ？」

二人の姿を見た途端、いきなり兄の目が輝いたかと思うと、いかにも申し訳なさそうな顔をし、近づいていった。

「コーヒーか何か、淹れましょう。お腹はすいてない？」

「け、結構です」

「先ほどすませましたのでっ」

二人の若い刑事は顔を赤らめ、兄にぎこちなく対応している。刑事たちは二人して見たところ二十代前半、なかなか可愛い顔をしている上に、ガタイがよかった。

まさに兄の好み、ドストライクの二人だ、と密かに溜め息をついていた俺の前で、兄が『可憐』としかいいようのない笑みを浮かべ、二人に話しかける。

「遠慮しないでください。お二人とも、僕の命を守ってくださってるんだもの。さあ、どうぞ。コーヒー淹れますから」

こっちへ、とリビングへと二人を導く兄の姿を横目に、俺はこっそりマンションをあとにした。

もう一人、鹿園の部下が建物の外で張っていることはわかっていたので、駐車場経由で外に出ることにする。

そうもこそこそしながら俺が向かおうとしているのは、日比谷《ひびや》のPホテルだった。訪問の目的は、林輝とコンタクトを取ること——そう、麻生の調査で女装のマフィアの幹部とわかっているというのに、無謀と思いながらも俺は、彼に会おうとしていた。

なぜ彼に会うか。表向きの理由は、前払いの五十万を返すことだった。華門の行方を探すことは、彼が俺に教えてくれた携帯電話の番号を解約した時点で、不可能としかいえなくなった。それゆえ、預かった前金を返したい——というのは、先ほども自分で言ったが、あまりに『表向き』な理由だった。

それでは『表向き』ではない理由は何か、となると、自分自身にも、こう、と説明しがたいのだが、俺は俺なりに、華門と林というマフィアとの繋がりを解明したいと思っているようなのだ。

自身の行動の理由に『ようなのだ』もないだろうと、自分でも思う。その上、相手は鹿園をもビビらせる——などと言うと鹿園は『ビビってなどいない』と反論するだろうが——香港マフィアだ。近づくのは危険であると、重々わかってはいるのだが、それでも自制することがどうにもできなかった。

マフィアと気づいていないフリをし、事務所が爆破されもしたし、一応少し聞き回ってみたが『華門饒』という男を知っている人物にも行き当たらなかったし、どうもご期待に添えそうにない。なので前金はお返しする——頭の中で一連の台詞を繰り返してみて、不自然なところはあるか、と自問する。

「……ない」

と思う、と心の中で付け足し、よし、と大きく頷くと俺は、Pホテルに向かうべく、空車のタクシーを求めて車道に飛び出したのだった。

ホテルに到着後、携帯を取り出し、渡されたカードの裏面に書かれた携帯番号にかけてみた。

『はい』

一コールもしないうちに応対に出た美女の——林の声が、電話越しに響いてくる。

「佐藤《さとう》探偵事務所の佐藤です。今、ロビーにいるのですが、少しお時間よろしいでしょうか」

緊張のためか、声が喉にひっかかり、少し掠れてしまった。それでも気力ですべて喋り終えた俺の耳に、林の声が響く。

『部屋に来ていただけますか？　部屋番号は……』

「あの、ロビーでお会いしませんか？」

最上級のスイートなど、この先足を踏み入れる機会はないだろうが、『密室』でマフィアと向かい合う危険を俺は避けようとした。電話の向こうで林が一瞬沈黙する。

もし彼に、それでも部屋に来いと言われたらどうするかな、と、緊張感から密かに唾を飲み下した俺の耳に、今までとまるで変わらぬトーンの林の声が響いた。

『わかりました。それでは五分後にラウンジで』

「ありがとうございます。先に入って座っています」

一瞬肝を冷やしたが、どうやら怪しまれずにすんだようだ。よかった、と安堵の息をまたも密かに吐きつつ俺は礼を言い、ラウンジに向かうことにした。

本店のアフタヌーンティと同じものを用意しているということで、このホテルのラウンジは常に混雑していた。が、まだその『アフタヌーンティ』の時間ではないため、空席が目立つ。これなら余裕で入れるな、と俺は、できるだけ人目につきそうな場所に案内してもらおう、と考えながらラウンジの受付へと向かおうとした。

「……っ」

と、そのとき、いつの間に近づいてきていたのか、不意にスーツ姿の男が俺を追い越すようにして目の前に立ったかと思うと、振り返りしなに俺の鳩尾に拳を叩き込んできた。

一瞬息が止まった、その次の瞬間、今度は肩の辺りに手刀を打ち込まれる。

油断した——遠のく意識の中、軽率さを悔いる己の声が聞こえる。倒れ込みそうになるのを、ごくごく自然に両脇から二名の男が身体《からだ》を支えてきた、それを察しながら俺はその場で気を失っていった。

「う……」

酷い頭痛と共に目を覚ます。と同時に俺は、自分が後ろ手に腕を縛られた状態で、毛足の長いカーペットの上に寝転がされていることを察した。

「起きたようです」

たどたどしい日本語が背後で響いた直後、どう考えても靴先と思われるものが肩の辺りに乗せられ、強引に寝返りを打たされる。

「あ」

俺の口から思わず驚きの声が漏れたのは、例の女装の『美女』が今、スタイルのよさをこれでもかというほど誇張している、見事なチャイナドレスを着用していたから——ではなかった。華奢《きゃしゃ》な彼の手に小型の拳銃が握られており、銃口が真っ直ぐに俺に向いていたためだ。

「おはよう」

にっこり、と華麗に微笑みながら、美女が——林が、かちゃ、と拳銃の安全装置を外す。

「……おはようございます……」

挨拶には挨拶を、というわけではないが、他になんと答えたらいいかわからず、そう返した俺の前で、林がくすりと笑った。

「いい度胸ね。銃が怖くないの？」

「いや、怖いです」

それは勿論、と頷いた俺を見て、また林が、くすりと笑う。

「やっぱりいい度胸をしているようね。私が撃たないとでも思ってるのかしら？」

そう言った次の瞬間、銃口が少し逸れたかと思うと、シュッというサイレンサー特有の音

が響き、俺のすぐ目の前に銃弾が撃ち込まれた。

「……っ」

五センチも離れていないところのカーペットが焼け焦げているのを見た俺は、悲鳴を上げることもできずに息を呑んでしまっていた。

「射撃は得意なの。次はあなたの眉間を撃ち抜くわ」

青ざめる俺を見て、林はまたくすりと笑ってそう言うと、つかつかと近づいてきて、俺のすぐ前に立った。

「佐藤大牙、答えなさい。華門饒はどこ？」

「し、知らない」

先ほどの宣言どおり、俺の眉間に銃口を向けながら問いかけてくる林に、俺は必死で首を横に振った。

「嘘だ。お前は知っているはず」

嘘などついていないというのに、林はきっぱりとそう言ったかと思うと、俺の前に屈み込み、銃口を俺の額に押し当ててきた。

「……っ」

ひっ、と悲鳴を上げそうになったその声に被せ、林の冷たいとしかいいようのない声が響く。

「すぐに華門を呼び出せ。さもなくばこの瞬間に引き金を引く。私は本気だ」

「ちょ、ちょっと待ってくれ。本当に知らないんだ！　嘘じゃない！」

林が本気であることは、その声音からも、俺を見つめるその瞳からもよくわかった。今にも引き金を引きかねない彼の動きを止めたくて、俺は必死に、自分が嘘などついていないことを主張していった。

「確かに、ついこの間まで俺は華門の連絡先を知っていた。だが、教えてもらった携帯電話は既に解約されていて、今は本当に知らないんだ。教えてもらえるものなら俺だって教えてもらいたいくらいだ」

こういう余計な一言を言ってしまうのが俺の悪い癖なのだ、ということを俺は、今この瞬間、自覚した。目の前で林がさも不快そうに眉を寄せ、銃口をぎりりと俺の額にめり込ませてきたからだ。

「は、話が本当だと言いたかったんだ」

フォローになるかわからなかったが、言い訳を口にした俺に、林の冷たい視線が刺さる。

「あ、あの……」

五秒、十秒——俺の目をじっと覗き込んでいた林の冷徹な眼差しが、ふと逸れる。

「金《きん》」

「は」

振り返り、呼びかけた林に応《こた》えたのは、どうやら俺を足蹴にした、日本語のそう得意でない男のようだった。室内にはその男だけじゃなく、少なくとも他に七、八名はいるようだが、首を巡らせる余裕がないので正確な人数はわからなかった。

駆け寄ってくるその男もまた、整った顔立ちをしている。見覚えがあるような気がするのは、彼が俺を気絶させた男だったからじゃないか、と思いながら、顔を見上げていた俺は、再び林の視線が戻ってきたのにはっとし、意識を彼へと向けた。

「携帯は持っているか」

「はい」

俺に銃を突きつけたまま林が尋ね、金というらしいその男が頷く。緊張感のない会話だな、と一瞬思った俺は、その後の展開に自分の思慮の浅さを恥じた。

「この状況の動画を撮り、どこでもいいからｗｅｂにｕｐしろ。十分以内に現れなければ殺すというコメントを付けて、だ」

ごり、と銃口を額に押し当てられ、思わず身を竦ませた俺の前で、金が一言、

「はい」

と答え、携帯を取り出す。

「助けを乞わなくていいのか」

さあ、と更に銃口を額にめり込ませてくる林の言葉どおり、『助けて』くらいは叫んだほ

うがいいのか、と思いはしたが、いかんせん、今にも引き金が引かれるのでは、という恐怖が俺の声帯を塞ぎ、少しも声が出なかった。

「撮れたか？」

林が金を振り返り尋ねる。

「はい」

「すぐにアップしろ」

「はい」

先ほどから金は『はい』しか言ってない——などということに気づく余裕はなかった。どこにアップするのかは知らないが、その画像を華門が観るとは限らないということを、なぜ林は考えないのだろうと、そっちが気になって仕方がなかったためだ。

その上、もしも運よく華門がこの映像を観たとしても、彼が俺を助けにくる可能性は更に低いと思わざるを得ない。

俺と彼の間には、今のところいかなる絆も結ばれてはいないのだ。はっきりいって『無関係』といったほうがいい関係であるのだから、たとえ俺が殺されそうになっていると知ったところで、華門が助けに来るとは思えない。

しかし、それをいかにして林に伝えるかとなると、途端に途方に暮れてしまう。華門にとって俺は命を助けたいと思うような相手ではないのだ、ということを、どうやったらわかってもらえるのか、と必死で頭を巡らせていた俺の耳に、淡々とした林の声が響く。

「アップできたか」

「はい」

一言答えた金が、携帯電話を恭《うやうや》しげに林に差し出す。

「…………」

林は暫《しばら》くの間、じっとディスプレイを見ていたが、やがてにっと笑うと、金へと視線を向けた。

「ご苦労」

「はい」

労をねぎらう言葉に『はい』は適さないんじゃないか。そこはどっちかというと『いえ』だろう——などと、日本語講座を披露することなど、勿論俺にできようはずもない。

そんな俺に向かい、林はにやりと笑うと、携帯のディスプレイを目の前にかざしてみせた。

「……っ」

ディスプレイの画面には、引きつった顔をした俺がいた。俺の知人であれば、十人が十人、俺だと言うであろうほどの鮮明な画像には、しっかりと額に突きつけられた銃口も映っていた。

『助けを乞わなくていいのか』

携帯から、先ほど聞いたばかりの林の声が響く。

「ふふ」

と、何が可笑しいのか林が笑った。なんだ、と視線を彼に移すと、林は携帯をぱたりと閉じ、楽しげな口調でこう告げた。

「十分以内に華門が現れなければ、お前をこの場で殺す。連絡を取りたいというのなら電話を貸すが、どうする？」

「……結構です」

林はあくまでも俺が華門と連絡を取り合っていると思っているようだったが、それは正解じゃない。それに万が一、華門の連絡先を俺がまだ知っていたとしても、その電話にかけたところで彼がこの場に現れるかどうかはわからなかった。

今まで電話をかければすぐに彼は姿を現した――が、なぜ来るのか、その理由を問うたことはない。

俺が会いたいと思うのと同じく、彼も俺に会いたいと思ってくれているのか。だからこそ、電話をかければすぐに来てくれたのか。

自分自身の華門に対する気持ちだってはっきり把握していない俺に、華門の気持ちを推《お》し量《はか》ることは困難だった。もしも彼が俺に『会いたい』と思ってくれているのだったら、俺はどう思うのだろう。嬉しいと思うのか、それとも困ったと思うのか――想像もできない、など、いつしか一人の思考の世界に入っていた俺は、林が忌々しげに舌打ちしたその音に、はっと我に返った。

「あくまでもシラを切る気か」

「いや、だから、本当に俺は華門の連絡先など知らないって……」

まったく、この状況でぼんやりできる自分の神経がわからない、と、自身に驚きながらも俺は慌てて林の誤解を解こうとしたのだが、そのとき林がちらと腕時計を見やり、口を開いた。

「一分経過。あと九分だな」

「待ってくれ。俺は本当に華門と連絡を取ることはできないんだ。あっちから連絡を断たれたんだ。それに俺が殺されようがどうしようが、華門がここに来るとは思えないし……っ」

「一分三十秒経過」

喚《わめ》き立てる俺の声を、林の淡々とした声が遮る。

「俺は人質にはなり得ない。華門にとっては俺が生きようが死のうが関係ないと思う。彼は俺ともう、縁を切ったつもりでいるんだ。だから教えてくれた電話番号を解約した上で、俺の前から姿を消したんだろうし……っ」

「二分経過。あと八分だ」

俺の主張を、林は少しも聞いちゃくれなかった。腕に嵌《は》めた時計を眺め、俺の命が尽きるまでの時間を告げたあと、銃口と共に視線を俺へと向けてきた。

「佐藤大牙」

「はい」

銃を突きつけられながら名を呼ばれては、畏《かしこ》まった返事をせざるを得ない。寝転がされたままではあったが、緊張に身体を強張らせ、答えた俺の顔のすぐ前に、林は片膝をついて座ると、じっと顔を見ながら問いを発した。

「華門と寝たか」

「え」

絶句し、目を泳がせてしまった俺は、その目に飛び込んできた光景に思わず「げ」と声を上げた。というのも、俺の目の前に座っていた林の、チャイナドレスの中身をモロに見てしまったためだ。

パンチラ、なんて可愛いものじゃなかった。林はなんと、ノーパンだったのだ。おかげでどこからどう見ても『美女』である彼が正真正銘の男である確証を、今、この瞬間俺はこの目で得てしまった。

しかも、ちらと見た限りだが、どうやら彼はパイパンのようだ。凄いな、と、怖いもの見たさで再び視線をそちらへとつい向けかけた俺の耳に、苛立った林の声がする。

「答えろ。華門と寝たのか？」

「え？　あ……」

　パイパンに注目している場合じゃなかった、と慌てて彼の顔へと視線を戻したものの、なんと答えるべきかと俺は迷い、また言葉に詰まってしまった。

　真実は『寝ました』であるが、そうは答えづらい上に、苛立ちを隠そうともしない林の様子を見るだに、言うべきではないと判断し、俺は首を横に振った。

「寝てない」

「嘘だ。お前は寝たはずだ」

　林は俺の答えを聞いた途端、きっぱりとそう言い切り、キッと俺を睨み付けてきた。自分で答えを用意しているのなら、人に聞かなければいいのに、とつい非難の目を向けてしまいそうになったが、銃口が真っ直ぐ額を狙っているため、そんな強気な口は叩けなかった。

「言え。寝たな？　どうだった？　彼とのセックスは。よかっただろう？　よかったに違いない。そうだと言え」

「あ、あの……」

　次第に興奮した口調になる林に対し答えに詰まってしまいながらも俺は、一つの確信を得つつあった。

「華門はどうやってお前を抱いた？　正常位か？　騎乗位か？　座位でのセックスは？　彼は何度お前を抱いたんだ？」

何かに憑《つ》かれたかのような、ぎらぎら光る目で俺を見据え、きつい語調でそう問いかけてくる林の顔に表れている感情は『嫉妬』以外の何ものでもなかった。

嫉妬するということは、彼の胸には華門への恋愛感情があるということだろうか。そして、『寝たか』だの『どうやって抱かれた』だの聞くということは、かつて林と華門の間にも肉体関係があったのではないか。

俺は、男は華門が初体験だったが、あの手慣れた所作からも華門にとっては俺が初めての男だとは思えなかった。

もしや林と華門はかつての恋人同士なのでは、と思わず彼の顔をまじまじと見てしまったその視線の先で、林がくっきりと眉間に縦皺を寄せ、問いを重ねてくる。

「答えろ。華門は何度、お前を抱いた？　彼のセックスはどうだったのだ？」

「あ、いや……」

嘘をつくなと突っ込まれようとも、ここは否定しておいたほうがいい、と、恐ろしい林の形相《ぎょうそう》を前に本能的に察知した俺は、首を横に振ったのだが、そのとき林の背後から、覚束《おぼつか》ない日本語で告げる金——という名だったか——の声が響いた。

「五分を切りました」

「げっ」

我ながら鶏並みの記憶力だ、と呆れたが、すっかり『十分』のカウントダウンを忘れていた俺の口から、カエルの潰れたような声が漏れる。

「五分も待てなくなってきた」

と、林の注意が金へと逸れたかと思った次の瞬間、立ち上がった彼が銃口を真っ直ぐに俺に向け、引き金に指をかけてきたものだから、俺はまたも「げっ」という情けない声を上げてしまった。

「淫売が……撃ち殺してやる」

ノーパン、しかもパイパンの男に『淫売』呼ばわりはされたくない——とは思ったが、それを口にすることなく死ぬのか、と覚悟し目を閉じた俺の耳に、銃声が轟《とどろ》き、堪らず俺はぎゅっと目を閉じてしまっていた。

「……あれ……」

銃弾が当たるべきは自分だというのに、身体のどこにも痛みを感じない。どうしたことだ、とおそるおそる目を開いた俺の視界に、青い——というよりは、血の気のまるでない白い顔をした林の顔が飛び込んできた。

彼の目線は俺には注がれておらず、ドアのほうを見ている。そこに何が——誰がいるのだと、身体を捩《よじ》って なんとか振り返った俺の口から、驚きの声と共にその名が漏れた。

「華門……」

「…………」

五十口径のマグナムの銃口を真っ直ぐに林へと向けていたのは、なんと、この場に現れるはずのない、華門饒、その人だった。

7

「……ジョー……」

林が地を這うような低く、そして掠れた声で華門の名を呼ぶ。彼が俺に向けていた銃は既に華門により吹っ飛ばされたあとだった。

「……どうして……」

俺の口からも思わずその呟きが漏れていた。と、華門の視線が俺へと移る。

「忘れろと言ったはずだ」

滅多に感情を露わにしない彼の声には、今、怒っているとしか思えない響きがこもっていた。

「……え？」

その怒りの源はなんだ、と問い返そうとした俺の耳に、酷く硬い林の声が響いた。

「ジョー、お前は一人、我々は多人数だ。お前が私を撃ったところで、金を始め室内にいる皆は、佐藤大牙とかいうその男を撃ち殺すだろう。それでもいいというなら私を撃て。それは困るというのなら銃を床に置け」

「…………」

林の言うとおり、金の、そして室内にいた他の部下たちの銃は皆、俺へと照準を合わせていた。

果たして華門はいかなるリアクションを見せるか。どう考えても『それでもいい』としか思えない、と天を仰ぎかけた俺は、華門がおもむろに構えていた銃を下ろし、片膝を立てるようにして床に座りながらその銃を置いた、一連の行動に、ただただ言葉を失っていた。

「やはり、その男はあなたにとって、大切な相手だってわけね」

銃を手放したあと、再び立ち上がった華門に向かい、林が刺々《とげとげ》しい声をかける。

「…………」

それに対し、華門は何も答えなかった。ただじっと林を見返している彼の目には、なんの感情もこもっていないように見える。

「金！」

林もそう思ったのだろうか、やにわにそう呼びかけ、さっと彼の前に控えた部下に、意味不明の命令を下した。

「あの男を起こせ」

「はい」

『あの男』というのは、俺のことだった。やはり金は『はい』としか答えず、俺へと歩み寄ってきたかと思うと、上腕を摑み、床に寝転んでいた俺の上体を起こした。

「お前、命は惜しい？」

林がヒステリックな声でそう言い、挑むような目で俺を睨みつける。

「ああ、まあ……」

惜しくない、と言おうものなら、ぐるりと周囲を囲む林の部下たちにすぐさま引き金を引かれてしまうだろう。だが、命乞いをするのも逆に危険かもしれない、と、俺は返答に困り、どちらとも取れるよう適当に誤魔化したのだが、林は他のことで頭がいっぱいになっているのか、俺の胡乱《うろん》な相槌に気を悪くした様子はなかった。

「命が惜しかったら、私の言うことを聞きなさい」

「…………」

ここでまた俺は、林に返事をすべきか否かを迷い、口を閉ざした。が、今度もまた林は気を悪くするでもなく、かえって陽気な声音となり、金に対し命令を下した。

「金、この男を、ジョーの前まで連れていきなさい」

「はい」

またも『はい』しか口にしない金が、俺を華門の前まで引きずっていく。

「…………やあ……」

彼の前に跪《ひざまず》くような体勢となった俺は、顔を上げ、俺を見下ろしていた彼と目を合わせたものの、どうリアクションを取っていいのかわからず、我ながら間抜けとしかいいようのない挨拶の言葉を口にした。

「………」

華門は何も答えない。彼の目に俺は映っているだろうに、まるで反応を見せないその瞳にはやはり、なんの感情もこもっていないように思われた。

なんだか傷つく思いがしながらも、それでも彼を見上げていた俺の背後で、林の声が響く。

「フェラチオをしなさい」

「え」

聞き違いか、と思わず林を振り返る。目が合った瞬間、林は再び同じ言葉を告げた上で、詳細まで命じ、先ほど俺が聞き違いをしたわけではなかったのだと思い知らせてくれた。

「フェラチオをしなさいと言ったの。ジョーのものを咥えて勃《た》たせなさい」

「……それはちょっと……」

できない、と言いかけた俺の周囲で一斉に男たちが銃を構え直す音が響く。

「げ」

そんな命令、彼らはおかしいと思わないのか、と思わず非難の声を漏らした俺を厳しい眼差しで見据えながら、林が三度《みたび》同じ言葉を繰り返した。

「フェラチオをしなさい。今、すぐに」

「し、しかし……」

後ろ手に縛られたままでは、きっちり黒いコートを着込んでいる華門の、そのコートのボタンすら外せない、と俺が言おうとしたそれより前に、林が今度は華門に対して命令を下した。

「ジョー、前を開いて。あなたもこの男に咥えられたいでしょう？」

林はここで、くすり、と笑ったが、その声は硬く、ちらと見やった表情は歪んでいた。

「…………」

咥えられたいも何も、俺が華門にフェラチオをしたことは一度もない。という以前に、華門に限らず俺にはフェラチオの経験がないのだ。

咥えてもらったことは何度もあるが、しかし、実際にやれと言われたら、同性のモノを咥えるのには躊躇《ちゅうちょ》せずにはいられない。

華門はどうでるか、と俺は彼を見上げた。銃を突きつけられているのは俺であり、拒否すれば殺されるのは俺だ。さっきの俺に対する無感情な眼差しといい、俺の命を助けるために公衆の面前で前を開くとは思えない。

「え」

だがここで華門が意外な行動に出た。なんと彼は俺を見下ろしたまま、すっと手を動かし、コートのボタンを外したのである。

「……うそだろ」

思わず呟いた俺の背後で、林のヒステリックな声が響いた。

「ジョー、ペニスを取り出しなさい」

さあ、と林が促すと、なんと華門はスーツの上着のボタンも外し、スラックスのファスナーを下ろした。中に手を突っ込み、言われたとおりにペニスを取り出す。

「…………」

なんでだよ、と俺は華門を見上げ、華門も俺を見下ろした。相変わらずその目の中に感情の欠片《かけら》も見えない。初めて彼と会ったとき同様、深遠たる闇が広がっているような気がした俺の背筋にぞくりと冷たいものが走った。

「さあ、咥えなさい」

だが状況は俺をいつまでも、悪寒《おかん》に震えさせておいてはくれなかった。林の甲高い声が響き渡ったのである。

「早く！」

躊躇《ためら》っていた俺を林は声で促すだけでなく、

「金！　頭を押しつけてやって」

と、部下に命じて、物理的にも促してきた。

「はい」

またも金が馬鹿の一つ覚えともいうべき返事をし、つかつかと俺へと近づいてくると、後頭部に手をやり、華門の雄に顔を近づけさせる。

「…………」

唇に彼が手で摑んでいた雄の先端が触れた途端、俺は思わず「げっ」と声を上げそうになったが、それはかなわなかった。なぜなら金が強引に俺の口を華門の雄に押し当てるべく、後頭部を強く圧してきたためである。

「早くなさい」

林がまた言葉で促すのに合わせ、金が俺の頭を押す力が強くなる。わかった、わかったから、と俺は腹を括《くく》り、口を開けると華門の雄を咥えた。

「金、下がりなさい」

それが見えたのだろう、林が金に命じ、またも金が「はい」と返事をして俺から離れる。やれやれ、と溜め息をつきたいところだが、実際はそれどころではなかった。生まれて初めての『フェラチオ』に、俺はいっぱいいっぱいになってしまっていた。

華門には何度も咥えてもらったというのに、こういうことを言うのは申し訳ない——というのも変か——が、やはり俺にとっては同性のそれを咥える、というのは非常に困難な作業だった。

咥えた途端、口の中に青臭い匂いが広がることに、まず、う、となり、顔を押し当てられていたせいで、根元まで咥えることになったために口の中に陰毛が入る、その感触にもまた、う、となった。

だが吐くわけにはいかない、と込み上げる吐き気を堪え、ちらと華門の顔を見上げる。これからどうしたらいいのかと途方に暮れてしまったからなのだが、相変わらず華門はなんの感情もこもらない目で俺を見下ろしているだけだった。

だが彼の雄は確実に俺の口内で硬さを増していた。それに気づいた途端、うわあ、と声を上げたくなるような気持ちになったが、実際声を発することは喉の奥までペニスが刺さっているためできなかった。

いろいろな意味でいっぱいいっぱいになっていた俺の動きが止まっていることに、林はすぐに気づいたらしい。

「早くしろと言っているでしょう」

苛ついた声で命じてきたその声に我に返らされた俺は、どうしよう、と瞬時迷ったあとに、いつも華門にやられているとおりのことをすればいいのかとようやく気づいた。

また、自分がやられて気持ちのいいことをすればいい、ということにも気づいたため、一旦華門の雄を口の外に出すことにする。その際、竿を唇で締め上げるようにすると、華門のそれはびく、と震えますます硬さが増していった。

口から出したその先端のくびれた部分を舌で擦り上げる。びくびく、と雄が震えたところをみると、やはりここが気持ちいいのだろうと思い、また俺はちらと華門を見上げた。

「……っ」

華門は相変わらず俺を無感情な目で見下ろしていたが、先ほどまではしっかり引き結ばれていた彼の唇が微かに開いていることに気づいた途端、なぜか俺の胸はどきりと高鳴り、頬にカッと血が上ってきた。

同時に口に含んだ華門の雄がドクン、と震え、ますます嵩《かさ》を増してきたことにも気づき、なぜだか鼓動が速まってくる。

彼が唇を開いたのは、感じている証だろう。華門が感じていると思うと、なぜか俺まで昂まる気がした。ドクドクという心臓の音が頭の中で耳鳴りのごとく響き始め、血液が一気に下半身に流れ込んでいく錯覚に陥る。

口の中には華門の雄の先端から滲み出る先走りの液の苦みが広がっていたが、もう、吐き気は込み上げてこなかった。

それどころか、その苦みがなぜか俺の興奮をも煽り立て、穿いていたジーンズの前が張り詰めてくるのがわかる。

男のペニスを咥えさせられているというのに、なぜ俺まで勃起《ぼっき》してるのか――自身の身体の変化に動揺が激しかったため、俺の動きは完全に止まってしまっていたのだが、それでも華門の雄は俺の口の中で熱と硬さを増し、先走りの液の苦みは更に濃くなっていた。

「……っ」

ごく、と口内に溜まるその液を飲み下した音がやけに生々しく響く。今や華門の雄は俺の口の中で勃ちきり、ドクドクと脈打ってはその存在感を主張していた。

そして俺の雄もまた、ジーンズの中でドクドクと脈打っていたのだが、そのとき背後から林がつかつかと二人に近づいてきた気配がし、はっとして振り返ろうとした俺は肩を摑まれ、後ろへと引き倒されていた。

「うわっ」

口から華門の雄が飛び出すようにして抜け、そのまま床へと倒れ込む。直後にハイヒールのかかとで勃起しかけた雄を踏まれ、あまりの痛みに息を呑んだ俺に、林の罵声が浴びせられた。

「退け！　もうお前に用はない！」

退け、と言われても、手を縛られたまま後ろにひっくり返ったこの状況、かつ、悶絶《もんぜつ》するほどの痛みを受けては、すぐに起き上がることなどできなかった。それでもなんとかカーペットの上で身体をずり上がらせようとしていた俺を林は一瞥したあと、視線を華門へと向け吐き捨てるような口調で一言、こう告げた。

「抱きなさい！」

言ったと同時に自らチャイナドレスの裾をまくり上げる。やはり彼はパイパンで、無毛の雄は既に勃起していた。

　華門はちらと林の裸の下肢を見やったあと、ゆっくりと彼へと手を伸ばした。林の身体が緊張に震えるのがわかる。思わずその場を離れようとした動きを止め、二人に注目してしまっていた俺の前――というより、ほぼ上で、だが――で、華門は両手で林の細い腰を捉えたかと思うと、その場で彼の身体の向きを変えさせた。

「……あっ」

　後ろを向かせた林のチャイナドレスの裾を華門が摑み、捲り上げて尻を露わにする。両手で双丘を摑んだとき、林の口から甘い吐息が漏れた。

　華門が己の猛る雄を摑み、林へと挿入させようとする。そのさまをあまりに近いところから見上げていた俺の胸はなぜかズキリと痛み、息苦しさすら感じられるほど鼓動が高鳴っていった。

「きて……っ……ジョー……っ……早く……っ」

　華門の雄の先端が、林の後孔へとめり込んでいく。角度的にその様子がばっちり見えていた俺の胸にまた、差し込むような痛みが走った。

　林があられもない声を上げ、腰を突き出す。更に挿入が深まる、と思わず目を閉じようとしたその瞬間、信じられないことが起こった。

「……っ」

華門の動きは素早すぎて、俺には少しも追えなかったのだが、なんと彼はいつの間にか胸ポケットに手を入れて拳銃を取り出し、背後からしっかりと片手で抱き込んだ林のこめかみに銃口を突きつけていたのである。

「……ジョー……」

信じがたい、と思ったのは俺だけではないようだった。自由を奪われ、挙げ句に命の危機に瀕《ひん》している林もまた愕然とした顔になり、身体を強張らせていた。

「銃を捨てろ。五秒後まだ手にしていたら、彼を撃つ」

華門の低い声が室内に響く。次の瞬間、ぐるりと周囲を取り囲んでいた男たちが皆、銃を床へと落とし両手を上げた。

「お前、その男の縄を解け」

続いて華門が、金に向かい俺を顎で示しながらそう告げる。金ははっとした顔になったものの、その場に立ち尽くしたままでいたが、華門が林のこめかみに銃口を押し当てた銃の引き金を引きかけたのを見て、慌てて俺の背後に回り込むと、両手を縛っていた縄を解いた。

「部屋を出ろ」

ようやく自由になった手を床につき、立ち上がった俺に向かい、華門が低く命じる。

「え？」

「早く出ろ」

問い返したとほぼ同時に華門が俺に命じ、ほら、というようにドアを示した。

「でも……」

いくら林を人質に取っているとはいえ、華門は一人、対する林の部下は十名近くいる。どうやってこの部屋を出る気かと問おうとした俺の声に被せ、三度《みたび》華門の声が響いた。

「早く出ろ」

「わ、わかった」

相変わらず彼の顔にはなんの表情もなく、声音は至って冷たいもので、これ以上何か言うと俺が撃たれかねない、そんな雰囲気があった。

取りあえず今は部屋を出て、すぐ警察に——鹿園に連絡を取ろう、と心を決めたそのとき、林の甲高い声が響いた。

「金、その男を撃ちなさい！　ジョーは私を撃たない。いえ、撃てないわ！」

「え？」

思わず振り返った俺の視界に、困った顔をした金と、憎々しげに俺を睨む林の顔が飛び込んできた。

「早く撃ちなさい！　ジョーが私を撃てるはずがない！　もし撃てるのならとっくの昔に私は死んでいるはず。さあ、早く！」

きつい語調でそう怒鳴りつける林を金は困ったように見返したあと、迷っていることがありありとわかる仕草《しぐさ》で内ポケットに手を入れようとした。

「早くしなさい！」

林の叫びが金を動かし、彼が内ポケットから銃を取り出す。と、そのときカチャ、と安全装置の外れる音がし、はっとして俺は林を、そして彼に突きつけた銃の安全装置を外した華門を見た。

「撃てるものなら撃ちなさい、ジョー。あなたに私は撃てないはずよ。かつて愛した相手を、あなたが撃てるはずがない」

「………」

愛した――という言葉を聞いた途端、なぜか俺の胸は、どきりと嫌な感じで脈打ち、思わず華門の顔を見たが、その瞬間俺は、彼がなんの躊躇いもなく引き金を引こうとしていることに気づき、叫んでいた。

「よせ！」

「な……っ」

林がはっとしたように華門を振り返る。顔を見た瞬間に彼もまた華門が自分を撃とうとしたことを察したようで、信じられない、というように目を見開いた。

「ジョー……あなた……私を撃つことができるの？」

掠れた、まるで老婆のような低い声で林が華門に問いかける。

「ああ」

華門が低く答えたその声に、林がまた、信じられない、と目を見開いたそのとき、遠くパトカーのサイレン音が響いてきた。

次第に大きくなっていくる音に林も気づいたようで、辺りを見回したあと、再度視線を華門へと戻す。

「撃つなら撃ちなさい！　そのかわり、あの男は金が撃つ」

憎々しげに彼がそう告げた直後、華門の手があまりにも早いスピードで動いた。

「うっ」

何が起こったのか、瞬時のことすぎてわからなかったが、金が俺に向かい構えていた銃は床に落ち、手の甲を射貫かれた彼が血まみれの手を抱え痛みにのたうちまくっていた。

「金！」

悲痛ともいえる叫びが林の口から漏れる。はっとし、その方を見ると、既に華門の銃口は林のこめかみに戻っていた。

「撃てるものなら撃ちなさい！」

ヒステリックな林の声が、ホテルのすぐ前にいるとしか思えない数台のパトカーのサイレン音と共に響き渡る。華門の指が引き金にかかったのを見た瞬間、一連のできごとにただ呆然としていた俺は、堪らず叫んでしまっていた。

「よせ！　俺の前で人を殺すな‼」

「…………」

華門の指の動きがぴた、と止まる。よかった、と安堵の息を吐いた俺の耳に、やはり老婆のような林の声が響いた。

「……ジョー……なぜ……」

その林の身体を華門は押しやるようにして離すと、窓に向かい顎をしゃくってみせた。

「警察がお前を探しに来ている」

「……わかってるわ……」

相変わらず酷く掠れた声で林は答えると、床で呻いている金をちらと見やり、

「金、行くぞ」

と声をかけ颯爽《さっそう》と部屋を飛び出していった。

「は、はいっ」

最後まで『はい』しか言わなかった金が、痛みを堪えた顔をしつつも林のあとを追い、そのあとを部屋に残った男たちが追う。

「あ……」

今、室内には俺と華門、二人が残されていた。その華門も部屋を出ようとしているのに気づいた俺は思わず彼に駆け寄り、なぜだかその背を抱き締めていた。

「…………」

華門が無言で振り返った気配がし、顔を上げたと同時に彼に抱き締められ、唇を塞がれる。

「ん……っ」

痛いほどに舌を吸い上げられる激しいキスに、くらりときた俺の足がよろけ、堪らず華門にしがみつく。が、そのときには華門の唇は俺から離れ、胸に倒れ込もうとした身体を押しやられていた。

「待ってくれ！」

そのまま踵《きびす》を返し、部屋を出ようとする彼の背に、またも駆け寄ったが、華門の足は止まらなかった。

「もう一度連絡先を教えてくれ！　一体どうやったら連絡が取れる？　動画サイトに何かアップすればいいのか？」

その背に向かい叫んだ俺を華門は肩越しにちらと振り返ったものの、そのまま風のような速さで部屋を出ていってしまった。

「華門!!」

呼びかけ、あとを追おうとした俺の目の前で、そのドアが勢いよく開いたかと思うと、ヘルメットに盾と武装した機動隊がなだれ込んできた。

「え？」

はっと我に返った俺の耳に、あまりに馴染みのある鹿園の声が響き、機動隊員たちの間を縫って彼の長身が現れた。

「大牙、無事か！」

駆け寄ってきた鹿園の顔は真っ青だった。長い付き合いだが、彼のそんな表情は見たことがない、と唖然としつつも俺は、無事であることを彼に伝えようと、頷いてみせた。

「……ああ、大丈夫だ」

俺がそう告げたと同時に鹿園はいきなり、がばっと俺を抱き締めてきた。

「お、おい？」

「無事でよかった……っ」

ああ、と泣きださんばかりの声を上げ、俺を抱き締める鹿園の手は酷く震えていた。黙って彼の部屋を出てきてしまったからだろうか。それにしてもこの心配のしようはなんだ、とも思うし、何よりなぜ警察がこの部屋へとやってきたのか、それもわからず呆然としていた俺の耳に、鹿園が切々と訴えかけてくる。

「インターネットの動画サイトで、銃を突きつけられたお前を見たときにはもう、心臓が止まるかと思った……無事で……無事で本当によかった……」

「あ、ああ……」

そうか、彼も林が金にアップさせた動画を見たのか、と納得した俺の身体を、鹿園は抱き締め、離そうとしなかった。

そうも心配をかけてしまったのかと思うと、申し訳なさが込み上げてきて、俺も彼の背を抱き締め返し、耳元に謝罪の言葉を囁いた。

「悪かった。来てくれて助かった……でも……」

林は逃げてしまった、と告げようとしたが、鹿園の耳に俺の声は届いていないようだった。

「本当に無事でよかった……」

ただそれだけを呟き、ぎゅっと背を抱き締めてくる彼を、俺もまたぎゅっと抱き締め返す。鹿園の声を聞くと彼は泣いているんじゃないかと思えたが、確かめることは申し訳なくてできなかった。

そうも心配してくれていた彼の友情に心からの感謝を抱きつつも俺は、唐突に目の前から姿を消した華門と、そして彼とかなりワケアリに見えた林の二人は一体どうしただろうと、そんなことをつい頭に思い浮かべてしまっていた。

8

俺が無事であったことを、涙を流して喜んでくれた鹿園は、だが、気持ちが落ち着いた途端、怒りを抑えられなくなったようで俺を怒鳴りつけてきた。

「どうして勝手な行動を取る!!　どれだけ周囲に迷惑がかかったと思ってるんだ!!」

「も、申し訳ない……」

迷惑、といおうか、テロリストでも出たのですか、と問いたくなるような大勢の機動隊員を見てしまった今、俺の口からは謝罪の言葉しか出なかった。

幸いなことに、室内に銃が散乱していたため、機動隊員も出動した甲斐があったと思ってくれているに違いない、と、そんなことを考えながら、ただひたすら詫びていた俺から鹿園は、すべてを聞き出そうと勢い込んで問いかけてきた。

「ここで何があった?　一から百まで、説明しろ!」

「は、はい……」

物凄い剣幕におののきはしたが、さすがに華門に対してフェラチオを強いられた、といった話をする気にはなれなかった。

それればかりか、華門がこの場に現れたこともできることなら隠しておきたかったため、俺はおずおずと、林に連絡を入れたこと、彼は部屋に来いと言ったが、身の危険を感じたのでラウンジで会おうと言ったこと、だがラウンジに行くより前に林の部下に隙を突かれて拉致《らち》されてしまったのだということを、思い出せるかぎり細かく彼に説明した。

「彼らは何人くらいいた？」

「林以外に十人はいた。部下たちの中で名前が出たのは『金』という男くらいだ」

「彼らはなぜ、姿を消した？」

鹿園の問いにすらすらと答えていた俺だが、ここで、う、と言葉に詰まってしまった。が、鹿園が続けて、

「警察が来たからか？」

と問うてきた、その言葉に救われ、そのとおり、と大きく頷いてみせた。

「ああ。パトカーのサイレン音が聞こえたからだと思う」

「……僕は、お前を助けることができたんだな」

俺の答えに鹿園はさも満足そうに頷き、そこで彼の追及は終了した。その後、彼は姿を消した林の行方を追うと張り切り、捜査の陣頭指揮を執るべく警視庁に戻っていった。

その鹿園に俺は、強制的に彼のマンションに送られることとなった。

「いいな？　二度と僕に無断で外に出るなんて考えるなよ？」

普段、滅多に見せることのない、とり殺しそうな凶暴な目つきで彼にそう言われては、

「わ、わかった」

と頷くしかなく、その上、鹿園に『何があっても部屋に入るところを確認した上で、部屋から出ないようにドアの外で見張れ』と指示を出された部下の監視のもとに置かれることとなっては、マンションに戻らざるを得なかった。

部下が俺を鹿園のマンションの、それこそドアの前まで送り届けたちょうどそのとき、そのドアが開き、中から兄と警護役の鹿園の部下、二人が現れた。

「兄さん？」

「あ、大牙」

俺の顔を見た途端、ぎょっとしてみせた兄の態度を訝り、顔を覗き込む。

「どうした？」

「あ、いや、僕、もう家に帰ろうかと思って」

「家？　だってまだ立ち入り禁止状態だと思うけど？」

しかも室内は全焼で、とても帰れるような場所じゃないだろうに、と尚も顔を覗き込むと、兄は、

「とにかく、それじゃ！　大牙にも護衛がついてるから大丈夫だよね」

と、俺の背後でやはりわけがわからない、といった表情をしている鹿園の部下をちらと見

やったあと、何を急いでいるのか、俯《うつむ》く二人の護衛役の刑事に挟まれ、エレベーターへと向かっていった。

「兄さん？」

どこに向かおうとしているんだとその背に問いかけようとした俺に、振り返りもせず兄が答える。

「何かあったら、坂本《さかもと》さんの携帯に連絡して！」

「坂本？」

誰だ、と問おうとした俺の横から、鹿園の部下が『坂本』が誰かを教えてくれた。

「坂本というのは、あの右の男です」

「……はあ……」

その坂本がちらと俺を振り返り、なんともバツの悪そうな顔で会釈する。

「……あ……」

もしや、と、物凄く嫌な予感が頭を過《よぎ》り、俺はここまで送ってくれた鹿園の部下への礼もそこそこに、マンションのドアを開き中へと駆け込んだ。

リビングには食事の皿が、いかにも兄らしく、食べ散らかしたままの状態で放置してある。

しかしこの程度で兄がこそこそするわけがない、と俺は真っ直ぐに自分と兄が世話になった部屋へと向かった。

「あれ」

ダブルサイズのベッドは、そう乱れた様子はない。勘違いだったかな、と思いつつも、念のため、と俺は鹿園のプライベートルームへと足を踏み入れ——。

「……やられた……」

俺たちに与えられたベッドよりも二回りは大きい、キングサイズのベッドの上に、これでもかというほどの情事のあとを見出し、思わず天を仰いでしまった。

兄があああも慌ててこの部屋を出たのは、鹿園のベッドの上で、そういった行為に耽ってしまったからだろう。

「待てよ」

立ち去ったのは兄と二人の護衛役の刑事だった。ということは——と、俺はあまりしたくない想像を巡らせてしまい、寝乱れたシーツを前に脱力し、深い溜め息をついた。

だが脱力している場合じゃない、と、気力を振り絞り、ベッドに近づくと汗やら何やらが染み込んでいるシーツをマットレスから剝ぎ取り、洗面所へと向かう。

家事全般、そう得意じゃない俺だが、洗濯だけは必要に迫られこなしていた。まあ、全自動洗濯機にお任せ、ではあるが、一応シーツは乾燥機にかけたらしわしわになる、程度の知識はある。

鹿園の家には浴室乾燥機がついているようだから、大急ぎで洗濯し、浴室で乾かせばいい。

鹿園の帰宅までにすべてをすませるために、急がねば、と俺は慌ててシーツを洗濯機に突っ込み、回し始めた。

再び鹿園の寝室へと戻り、他に痕跡は残っていないかとベッドの周りを見回す。

「……おい……」

案の定、脱ぎたてほやほや、といった感じの黒いビキニのパンツがベッドの下に落ちており、大きさからこれが兄のものであると察した俺の口から溜め息が漏れた。

下半身がゆるいのにもほどがある。しかもパンツがここに落ちてるということは、今、兄はノーパンだということだろうか、とまたもしたくない想像をしてしまい思わず天を仰ぐ。

「…………おい……」

他に落ちているものは、とベッドの下を覗き込み、そこに落ちていたオリーブオイルの瓶を見つけた。目眩《めまい》を覚えながら手を伸ばして取り出し、半分くらいの量となっているその瓶を眺めた俺の頭の中では、兄がキッチンでもないこの場所でオリーブオイルをこうして使ったに違いない、という、恐ろしい画像が浮かんでいた。

鹿園がどれだけ潔癖か、兄だって知ってるだろうに、なぜ食用のオイルをベッドで使おうと思うのか。鹿園が使用目的を知ったら卒倒するだろうに、とぶつぶつ言いながら、俺は、この瓶をキッチンに戻すか否かを迷い、やめておこう、とそのままゴミ箱に放り込んだ。

それこそ潔癖な鹿園が、何も知らずにあのオリーブオイルを使い続けたその後に真実を知ったとき、どれだけ衝撃を受けるかを予測したためだ。

上掛けには変な滲みがついてないだろうな、とドキドキしながら布団を捲り、それらしき滲みがないことにほっとする。かわりにマットレスに濡れたようなあとがいくつも残っているのを発見し、マズい、と俺は慌ててクローゼットへと走り、洗濯ずみのシーツを取り出した。捜査の指揮を執っている鹿園が今すぐ帰宅することもないだろうが、万が一、を考えたのである。

それにしてもベッドがでかければでかいだけ、シーツを敷くのが大変となる。几帳面《きちょうめん》な鹿園の性格を思うと、バシッと張っていないと駄目だろう、と俺は一人奮闘し、なんとかホテル並にバシッと綺麗にシーツを敷いた。

「やれやれ……」

やっと終わった、と、息を吐いた途端、背後に人の気配を感じ、はっとして振り返る。視線の先、鹿園の寝室のドアの前に立っていた思いもよらない人物に驚いたあまり、俺の口からはその男の名が漏れていた。

「……華門……」

「詫びを言いにきた。それから別れを」

「え？」

唐突な華門の登場に、俺の思考はすっかり止まってしまっていたが、今、彼の口から告げられた『別れ』という言葉が俺を我に返らせた。

「別れ？　なんで？」

駆け寄り、思わず手を伸ばす。コートの襟を摑もうとした俺の手を、華門はさっと身を引いて避けたが、更に俺が手を伸ばしたのはもう、避けはしなかった。

「別れってなんだ？　もう会わないということか？」

摑んだ襟を揺さぶり、顔を見上げる。揺さぶったところで少しも動く気配のない華門は、ただ無言で俺を見下ろしていた。

相変わらず彼の目の中には、いかなる感情をも見出せない。ああ、彼は本気なのだ、と悟ったと同時に俺は彼の身体をしっかりと抱き締めていた。

「おい」

さすがに驚いたのか、華門の少し戸惑った声が頭の上から響いてくる。

「携帯番号を解約したのは、二度と俺とは会わないと決めたからか？　なぜだ？　理由を教えてくれなきゃ、納得できない」

教えられたところで納得できるかはわからないが、何もわからないまま、彼とのかかわりを失うのは嫌だった。

その感情がどこから生まれてくるのか、自分でもよくわからない。だが、このまま一生華門と会えなくなるのは嫌だ、と自身が思っていることだけは俺にもよくわかった。

華門は暫く無言でいたが、やがて、小さく溜め息をつくと、身体を揺すり俺の腕を振り払った。

「……おい……っ」

少しも力を入れてる様子はなかったのに、あまりに簡単に腕を振り解かれたことに愕然としながらも、尚も彼に縋り付こうとした俺からすっと一歩下がり、華門が口を開く。

「俺とお前は住む世界が違う」

「え？」

ぽつりと告げられた言葉の意味を俺は必死で考え、やがて、一つのことに思い当たり、あ、と声を漏らした。

「もしかして、俺が『殺すな』と言ったからか？」

華門に対し、俺はさっき、俺の前では人を殺すな、と叫んでしまった。俺の属する世界のモラルでは人の命を奪うことは何よりしてはいけないことだが、人殺しを生業《なりわい》にしている華門のモラルは違う。

だからもう、会わないと言うのか、と縋ろうとする俺からまた一歩距離を置くと、華門はゆっくりと首を横に振り、否定してみせた。

「違う」

「ならなぜだ？　何が違うんだ？」

問いかけ、尚も彼へと向かおうとした俺は、不意に伸びてきた華門の手に両肩を摑まれ、それ以上距離を詰めることができなくなった。

「…………」

びくともしない頑丈な腕を振り解こうとやっきになる俺をじっと見据えながら、華門がまたぽつりと口を開く。

「俺とかかわっている限り、お前は命を狙われることになる」

「……え……」

それだけ言うと華門は、呆然としていた俺の肩からすっと手を引き、そのまま踵を返して部屋を去ろうとした。

「待ってくれ！」

慌ててその背を追い駆け、しがみつく。

「離せ」

またも軽く身体を揺すっただけで俺の腕を振り解き、ドアを出ようとした華門に向かい、俺は大きな声で叫んでいた。

「それでもいいと言ったら？　それでもかまわない、と俺が言っても、別れる気か？」

「…………」

俺の叫びを聞いた華門の足がぴたりと止まり、彼がゆっくりと俺を振り返る。

「本気か」

問いかけてきた華門の顔には、それまで少しも見せることのなかった『感情』を見出した俺は、堪らず彼に駆け寄り、またもその身体をきつく抱き締めていた。

華門の顔に表れていたのは『驚愕』だった。そんな感情ですら浮かんだことが嬉しいと思う自分自身の心がよくわからない。

俺の腕の中で華門はぴくりとも動かなかった。が、俺が尚もきつく抱き締めると、またもぼそりと一言、呟いて寄越した。

「本気なのか」

彼の声が俺が頰を当てた彼の背中から震動となって響いてくる。途端に酷くやるせない気持ちが込み上げてきて、またも、なぜだ、と己の心情に戸惑いはしたものの、更に強い力で華門を抱き締めることで『本気』を伝えようとした。

正直なことを言えば、自分が『本気』であるのか、その自信すらなかった。命の危険を冒してまで華門と別れがたく思っている、その思いが果たして俺の中にあるか否かも、はっきり言ってわからない。

頭ではわからない上に、気持ちもまた追いついていないが、こうして彼をしっかりと抱き締め、この場を去らせまいとしている俺の行為こそが、理解しがたい己の感情を物語っていた。

なぜ、華門をそうも求めるのか、自分自身でも理解していないが、『求めている』という事実は変えようがなかった。理由など、あとから分析すればいいのだ、と俺は華門の身体をまたぎゅっと抱き締めたのだが、その瞬間、華門が動いた。

「うわっ」

いとも簡単に俺の腕を振り解いた彼が、逆に俺をその場で抱き上げる。そして突然のことに思わず大声を上げた俺を抱いたまま彼は鹿園のキングサイズのベッドまで進むと、俺が綺麗に敷き詰めたシーツの上へとどさりと身体を落としてきた。

「待て……っ」

ここはマズい、と胸を押しやろうとした俺の唇を華門の唇が塞ぐ。彼にきつく舌を吸い上げられたときには、俺の理性は吹っ飛んでいた。

「あ……っ」

貪るように唇を塞ぎながら、華門が俺から服を剝ぎ取っていく。彼がジーンズを脱がせるのを腰を浮かせて手伝っている自分に気づいたとき、一体何をやってるんだ、と我に返りそうになったが、裸に剝かれた下半身に華門の手が伸びてきたことで、戻りかけた理性は再び、空の彼方へと飛んでいった。

「ん……っ……ん……っ」

華門の唇が首筋から胸へと下り、乳首へと辿り着く。ちゅう、と強く乳首を吸われ、びく、と俺の雄が震える。その雄を華門は摑むと、勢いよく扱き上げた。

「やっ……あっ……あぁっ……」

つんと勃ち上がった乳首を舐《ねぶ》ったあとに軽く歯を立ててくる。同時に勃ちきった雄の先端を親指と人差し指で執拗に擦られ、俺は今にも達してしまいそうになっていた。

「やめ……っ……あっ……あぁっ……」

自分でも、どこのAV女優だ、とツッコミを入れたくなるような高い声が唇から漏れ、周囲に響き渡る。恥ずかしい、と思ってしかるべきだとは思うが、羞恥を感じる余裕も、とうの昔に失われていた。

「やっ……よせ……っ……」

尚も執拗に雄を弄り、乳首を嚙む華門の動きを止めたくて、両手でぎゅっと彼の頭を抱き締める。一人で達するのは嫌だ、という俺の意思表示は正しく華門に伝わったようで、彼の手が雄から離れた。

「……あぁ……っ」

安堵の声が漏れた俺の腕を華門が摑んで緩め、身体を起こす。両脚を大きく開かされた状態で抱え上げられ、無様な己の格好を恥じつつも俺は、次なる行為を待ち侘びるあまり、ごくりと喉を鳴らしていた。

「…………」

あまりに物欲しげに聞こえたのか、華門がくすりと笑い、俺を見下ろしてくる。仕方ないじゃないか、欲しいものは欲しいのだ、と羞恥に身を焼きながらも心の中でついた悪態が聞こえたかのように、華門はまたくすりと笑うと、摑んでいた俺の片脚を離し、素早くコートの前を開いた。

「あぁっ……」

ファスナーを下ろし、既に勃ちきっていた雄を取り出すと先端を俺の後孔へと擦りつけてくる。ぬめるその感触に、俺のそこはひくひくとまるでそれ自体が別の意志を持つかのように激しくひくつき、逞しい華門の雄を中へと誘《いざな》おうとした。

「……え……」

自分の身体であるのに、そうもあさましい反応を見せるとは、と驚き、呆れた俺の口から思わず小さな声が漏れる。が、華門が俺の両脚を抱え直し、一気に雄をねじ込んできた、その力強い突き上げに、芽生えた驚きも戸惑いも一気に失せ、代わりに焼け付くような欲情が俺を支配していった。

「あっ……あぁっ……あっ……あっ……あっ……」

いきなりの挿入に、一瞬乾いた痛みを覚えたものの、互いの下肢が当たる際にパンパンと高い音を響かすほどに激しく突き立てられ、苦痛はあっという間に快楽へと変じていった。

奥底まで抉られるその刺激に、亀頭が内壁を焼くその熱さに、疲れなど知らないように規則正しく続けられる腰の律動に、快楽の階段を一気に屋上まで駆け上らされた俺の口から、我ながらあられもない声が漏れ続ける。

「やぁっ……あっ……あっあっあっあぁーっ」

延々と続く絶頂感に、既に俺の意識は朦朧《もうろう》としていた。喘ぎすぎた息苦しさから、呼吸困難に陥りそうにもなっている。

だがその苦しさがまた快感を高めているのも事実で、遠のく意識の中で俺は、ああ、だから絶頂の時に『死ぬ』と叫ぶ女がいるのかな、などと、そんな馬鹿げたことを考えていた。

「あぁっ……もうっ……もうっ……もうっ……しぬ……っ」

そのせいか、自分でも『死ぬ』を口にしていた俺の頭の上で、

「そうか」

という華門のやけに淡々とした声がしたと同時に、片脚を離した彼の手が俺の勃ちきった雄を握り、一気に扱き上げてきた。

「あーっ」

直接的な刺激を受け、すぐに達した俺の口から、獣の咆哮《ほうこう》かと思うような大きな声が放たれる。

「……っ」

射精を受け、後ろが激しく収縮する。そのせいか華門も達したようで頭の上で低く息を吐

く声がし、ずしりとした精液の重さを中に感じた。

「…………セクシー……」

微かに漏れたその息の音は、ぞくりとくるほど色っぽかった。ほぼ思考力ゼロの俺の口から、思ったままの言葉が漏れる。

「……セクシー？」

だが、華門に問いかけられ、はっと我に返った俺は、恥ずかしい言葉を口にしてしまった、と気づき照れから慌てて首を横に振った。

「な、なんでもない」

はあはあと整わない息の下、なんとかそれだけ言って笑おうとした俺の両脚を抱えたままでいる華門は、息どころか服装の乱れも見られない。と、華門はやにわに俺の両脚を抱え直すと、再びゆっくりと腰の律動を始めた。

「……おい……っ」

達して尚、硬度を保っていた彼の雄がぐっと奥を抉る感覚に、後ろがひくりと反応する。まだこっちはぜいぜい言っているというのに、もう始めるのか、と慌てた声を上げた俺に構わず、華門が抜き差しを開始した。

くちゅ、と淫猥《いんわい》な音が下肢から響き、彼の放った精液が繋がった部分から零れ落ちる。その音に、気色が悪いんだかいいんだかわからないその感覚に、俺の後ろは俺の意志を超えてひくひくと蠢《うごめ》き、華門の動きを誘っていた。

「な……っ」

戸惑いから声を上げた俺を見下ろし、華門がくすりと笑う。

「お前のほうが　セクシーだ」

「え……っ」

思わぬ彼の言葉に再度戸惑いの声を上げた途端、彼の突き上げが激しくなった。

「ま……っ……待て……っ」

息が苦しい、と悲鳴を上げた俺の雄は、だが熱が戻り、形を成しつつある。自身の身体であるというのに、まったくままならないという現況に、ますます戸惑ってしまいながらも俺は、再び襲いくる快楽の波にあっという間にさらわれ、またも高く喘ぎ始めてしまったのだった。


「ん……」

ふと目覚め、瞼《まぶた》を開いた俺は、見覚えのない天井をそこに見出し、はっとして身体を起こした。

「だ、怠い……」

あまりの身体の重さに、溜め息をつきながらも周囲を見渡し、そこが鹿園の寝室であることを悟る。

「あ」

どうしてこんなところで、と記憶を辿ろうとしたそのときにはもう、華門のことを思い出していた。気怠い身体を騙しつつベッドを下り、裸のまま俺以外無人の部屋を飛び出し、リビングや浴室を回ったが、彼の姿はもうなかった。

あれから二度、三度と抱かれたあと、俺は失神してしまったようだ。鹿園の寝室へと戻ってきて、ベッドにどさりと座り込んだ俺は、はあ、と大きく息をついた。

喉の渇きを覚え、キッチンに行こうとして、ふと枕元を見ると、サイドテーブルにミネラルウォーターが置いてある。

こんなものはもともとあったっけ、と一瞬首を傾げたものの、その隣に置いてあるのが俺の携帯電話だと気づき、もしや、と慌ててそれを取り上げた。

二つ折りの携帯を開き、アドレス帳を見る。

「あ」

そこにはなくなったはずの『謎』のカテゴリーが復活していた。番号を呼び出してみると、以前とは違う数字が並んでいて、俺は暫《しば》し新番号が並ぶ携帯の画面を、呆然としながら見やってしまっていた。

別れを告げに来たといった彼だが、こうして新しい携帯番号を残してくれたのは、また会いたいという俺の希望を聞き入れてくれた、ということだろうか。

かけてみようか、とボタンを押しかけたが、まだ頭が混乱していたので、取りあえず手を伸ばしてミネラルウォーターのボトルを取り上げ、キャップを捻って開けた。

冷蔵庫から出したばかりといっていいほどの冷たさを保っていたそのボトルに口をつけ、一気に半分くらい飲み干す。これも多分、華門が置いていってくれたのだろう。思いもかけない親切を受け、戸惑いながらも俺の口から笑いが漏れる。以前、華門が気づかぬうちに冷蔵庫の掃除をしてくれたことを思い出してしまったのだ。

殺し屋という恐ろしい職業についているくせに、妙に面倒見がいい、そのギャップが面白い。と、思わず彼の、殆ど表情を動かさない端整な顔を思い出していた俺の頭にふと、そういえばなぜ彼は林の呼び出しに応じたのだろう、という考えが浮かんだ。

面倒見がいいから、俺を助けにきてくれたのか。ただそれだけの理由で？

彼が別れを告げた理由は、俺を危険に巻き込みたくないというものだった。それは一体何を意味するのか。

華門のそれらの言動は、彼のどんな気持ちを物語っているというのか——。

「…………」

俺は再び携帯を開き、『謎』のカテゴリーから彼の番号を呼び出した。たっぷり十秒は見つめたあと、ボタンを押してかけてみる。

ワンコール、ツーコール——応対に出ない、と、どきりとした俺は、思わず視線をドアへと向けた。彼が電話に出るより前に、直接訪ねてくるのがデフォルトだと思い出したからだ。

だが、視線の先に、華門の長身が現れることはなかった。耳を押し当てた携帯からは、コール音が鳴り続けている。

やはり彼は、今後も俺と連絡を取るつもりはないということなのだろうか。どきり、とまたも嫌な感じで鼓動が脈打つ。

五回、六回とコールし、もう諦めるか、と思いながらもずっと耳に当てていた携帯から、コール音が止んだ。

『…………』

「あ」

誰かが——おそらく華門だろうが——応対に出た気配はしたが、聞こえるのは息の音ばかりである。出てくれた、という安堵からつい声を漏らした俺もまた、携帯を握ったまま黙り込んだ。

十秒、二十秒——携帯のこっちと向こうで、互いに何も声を発しない沈黙のときが流れる。

果たして電話の向こうにいるのは本当に華門なのか。ふとそんな不安に囚われ、思いきって呼びかけてみることにした。

「もしもし……？」

声がやたらと掠れている。自分でいうのもなんだが相当緊張しているようだ、と咳払いし、再び、

「もしもし？」

と呼びかけたそのとき、ようやく電話の向こうから低い声が響いてきた。

『林は執念深い男だ。身辺に気をつけろ』

「え？」

声の主は華門に間違いなかった。が、唐突な発言の意味を悟るのに、数秒かかった。

『それじゃあな』

華門がそのまま電話を切ろうとする。それではっと我に返った俺は、慌てて彼に呼びかけた。

「ちょっと待ってくれ！　また、電話してもいいんだよな？」

自分でも何を言っているのかわからない。ちょっと考えれば、電話をされたくなければ番号を教えないだろう、と考えつきそうなものなのに、まずそれを確かめたい、となぜか俺はそう思ってしまっていた。

『……………』

俺の問いに華門はまた電話の向こうで沈黙した。もしやこれは否定を物語る沈黙か？　と焦った俺がそれを確かめようとしたとき、耳に押し当てた携帯から、華門の声が響いた。

『お前はなぜ、そうも俺とかかわりたい？』

「え？」

今度は俺が絶句する番だった。まさか彼の口からそんな問いかけがなされるとは思っていなかったから——という以前に俺は、自身の心理を問われたはずであるその問いかけに、答えを持っていなかった。

「………さあ……」

だが黙っているわけにはいかない、と、我ながらとぼけた答えを返した俺の耳に、華門の苦笑、としかいいようのない笑いが響く。

その声を聞いた途端、俺の胸は酷く高鳴り、頬に血が上ってきた。華門の素の感情に触れたからだ、と気づくのはあとになってからだが、昂まる気持ちのままに俺は電話に向かい、先ほどの問いを繰り返していた。

「また電話してもいいんだよな？　また会えるんだよな？」

『ああ』

華門の即答する声が電話越しに響いてきたのに、ああ、よかった、と安堵の息を吐く。未だに鼓動は早鐘のように高鳴り、頬は赤いままだった上に、なぜ、華門の即答がこうも安堵を呼ぶのか、その理由もまた俺はしっかり把握していなかった。

『じゃあな』

華門が一言そう言い、電話を切ろうとする。

「おいっ」

またもそれを呼び止めた心理もよくわからなかった。だが多分、電話を切りがたく思った、その程度であったため、華門に、

『なんだ』

と問い返されたのには返事に詰まってしまった。

「あ、いや、その……」

何を言えばいいのだ、と混乱し、あわあわと口籠もった俺の耳にまた、華門がくすりと笑う声がする。

どきり、と一段と鼓動が高鳴った俺の耳に、華門の笑いを含んだ声が響いた。

『そういえばお前のフェラチオは下手だった』

「な……っ」

いきなりなんだ、と言い返そうとしたときには、電話は切られていた。

「おいっ」

呼びかけたが聞こえるのはツーツーという不通音のみで、憤ったあまり俺はリダイヤルし

ようとし——再びかけて、何を言おうというのか、とはたと気づいて、押しかけていたボタンの上から指を退け、番号の浮かぶ画面を見やった。

フェラチオが下手で悪かったな。初めての経験だから仕方がないだろう——そんな言葉をぶつけ、会話を続ける。

彼と会話を続けたい、と自分が思っていることは理解できるが、そうしたい動機はやはりわからない。

「……いや……」

本当はわかっているのだろう、と俺は携帯をベッドの上に放り投げると、ごろり、と自分も仰向けにベッドに倒れ込み、シーツに身体を埋めた。

むせかえるような精液の匂いが鼻孔を擽《くすぐ》る。途端に華門との激しい行為の一部始終が俺の頭に、そして身体に蘇り、いたたまれなさから堪らずぎゅっと目を閉じた。

思えばフェラチオも、華門に対してだからできたのだ。『できた』どころか、彼のものを咥えている間、欲情まで覚えていたように思う。

男のモノを咥えて興奮するなんて、本当に俺の身体はどうなってしまったのか。華門の力強い突き上げに喘ぎ、彼の飽くなき欲望を受け入れることに、悦びすら感じているという事実を、俺はどう受け止めればいいのか。

男なのに男に抱かれ、ああもこのベッドの上で身悶《みもだ》え、乱れまくったことを、一体俺はどう受け止めれば——と自身の胸に問いかけていた俺は、ここではっと我に返った。

「あーっ」

大声を上げたと同時に、がばっと身体を起こし、振り返って鹿園のベッドを見る。

「…………………」

ああ、と思わず大きな溜め息をついたのは、奔放《ほんぽう》としかいいようのない兄の行為の『後始末』を先ほど終えたばかりのベッドが、まさに後始末前と同じ状況に陥ってしまっていることに気づいたためだった。

「……うそだろ……」

他人のベッドのシーツを、二度も洗濯しなければならない羽目に陥ってしまっている現実に、思いっきり溜め息をついてしまいながらも、なぜか俺の顔は笑っていた。

服を身につけたあと、仕方ない、とベッドからシーツを引き剝ぎ始めた俺の脳裏に、華門の顔が蘇る。

次に会うときには彼の『苦笑』を——彼の感情の発露を、しっかりとこの目で見たいものだ、と思う俺の胸はそのとき、自分でも戸惑うくらいに酷く高鳴っていた。

「やっぱ、ロシアンってすごいよね。たった二週間でここを元通りにしちゃうんだもん」

築地《つきじ》にある『佐藤探偵事務所』の事務所の中で、兄が感動した声を上げ、『開所祝い』の胡蝶蘭《こちょうらん》を持ってきた鹿園に熱い視線を向けた。

「……ええ、まあ……」

鹿園が困った顔になり、ちら、と俺を見やる。

「……申し訳ない……」

思わず俺が詫びたのは、鹿園がその財力にモノを言わせ、爆破された兄貴と俺の事務所兼住宅の改修工事を仕上げてくれた理由は誰有ろう、兄の凌駕にあったためだと知っていたからだ。

まさに『魔性の男』である兄は、自分を護衛してくれていた鹿園の部下二人をほんの数時間の内に虜《とりこ》にし、二対一、という信じがたいスタイルでベッドインしてしまったのだった。

二人の部下の名は坂本と平野《ひらの》というのだが、インモラルな関係に溺れ込んだ二人は辞表を鹿園に提出、大問題となった。

『国民を守るのではなく、凌駕さんを守りたい』

と言い出した二人に鹿園は唖然となり、慌てて俺に相談を持ちかけてきた。若き警察官の未来を潰してはなるまい、とそれを聞いた俺はなんとか兄を説得し、二人と綺麗に別れてもらうことに成功した。

なぜ成功したかというと、既に兄が物珍しさから嵌った3Pに飽きていたからなのだが、その礼と、そして二人と別れた兄の住居を確保するために鹿園はコネというコネを使って奔走し、たった二週間での改修工事を終えてくれたというわけだった。

詫びた俺に鹿園は胡蝶蘭の鉢を手渡してくれながら、それは温情ある言葉をかけてくれた。

「いろいろと買いそろえはしたが、まだまだ生活するのに不自由もあるだろうから、当分の間は僕のマンションで暮らしてくれていいんだよ」

「え？　ほんとう？」

途端に横から兄が明るい声を上げたのに、冗談じゃない、と俺は彼を睨んだ。

「なんだよう」

兄が口を尖らせ、俺を睨み返す。

「…………」

兄が鹿園のキングサイズのベッドを好きなように『使って』くれたため、あのあと俺がどれだけ神経をすり減らしてそれを隠蔽したか、と言ってやりたいが、鹿園には未だバレていないため、彼のいる場所ではその件で怒鳴りつけることができない。

兄は兄で、俺に恋人たちとの仲を裂かれたと思い込んでいるため——だいたい『恋人』に『たち』がつくこと自体、問題だと思うのだが——ここのところ俺たちの関係は、酷くぎすぎすしていた。

「まあまあ、喧嘩はよしなさいよ。いいじゃないの。こんな綺麗なところで仕事できるんだからさあ」

開所祝いに駆けつけた春香が、俺と兄の間に割って入る。彼の傍にはベタ惚れされている若き恋人、君人がいて、じろり、と兄を睨んで寄越した。

「ロシアン、みんなが僕をいじめる〜」

兄が嘘泣きをしながら、鹿園に駆け寄ろうとする。そうはさせじと俺は、春香に胡蝶蘭の鉢を押しつけると、

「なによう」

という彼のむっとした声を背に、鹿園と兄の間に割って入った。

「なんだよう」

「兄貴、頼むから自重してくれ」

部下の退職を引き留めたり、こうして事務所を再建してくれたりと、さんざん迷惑をかけている鹿園にちょっかいを出さないでほしい、というのが俺の切なる希望だった。

兄が真剣に鹿園を好きだというのなら、こうも露骨に止めはしない。いや、もしかしたら兄なりに真剣なのかもしれないが、それでもその愛情がごくごく短期間で冷める、と知っている俺としては、自分の友人を兄にかかわらせることを、できるだけ避けたいと思ってしまうのだった。

鹿園は超のつくほどエリートだが、基本おぼっちゃんだし、兄の毒牙――などと言うと兄は『ひどいー』と泣きわめくだろうが――への耐性はないだろう。さんざん世話にもなってきた上に、何より鹿園は親友である。彼の約束された輝かしい未来を守ってやりたいと俺が頑張るのは、友情として当然といえた。

が、それが兄には通じないようで、

「自重ってなんだよう」

と口を尖らせている。兄がわからないのなら、鹿園に言って聞かせるしかない、と俺はくるりと彼を振り返ると、がしっとその両肩を摑み、切々と訴えかけてやった。

「頼むから、兄には近づかないでくれ。俺はお前を大事にしたいんだ」

「大牙……っ」

途端に感極まった顔になった彼が、彼の肩から下ろした俺の両手を握り締めてくる。

「それはジェラシーだよな？　ジェラシーでいいんだよな？」

「え？」

そういえば前にもそんな、意味不明のことを言われたのだった、と戸惑っていた俺の耳に、バタンとドアが開くと同時に、野太い、そして陽気な声が響いた。

「凌駕、大牙ちゃん、おめでとう〜！」

「あ、恭一郎〜！」

現れたのはルポライターの麻生恭一郎だった。手にはどでかい紅薔薇《ばら》の花束を抱えている。てっきり自分宛だと思った兄が駆け寄っていくのに、麻生は、

「違うわよ」

と冷たく言い捨てると、すたすたと俺と鹿園へと近づいてきた。

「ロシアンちゃん、これ、お礼！」

「え？」

鹿園が戸惑った声を上げつつも、押しつけられた薔薇の花束を受け取る。

「礼って？」

好奇心から問いかけた俺は、帰ってきた麻生の答えに思いっきり脱力してしまった。

「写真くれたお礼よう。焼き増して部屋中に飾ってるの。あ、携帯の待ち受けも、勿論ロシアンちゃんの少年時代よう」

それは嬉しそうな声を出しながら、麻生が革パンツのポケットから携帯を取り出し、開いてみせる。

「わ」

彼の言ったとおり、待ち受けの画像は鹿園のリビングで見た彼の半ズボン写真だった。あれは家族写真だったはずなのに、画面に映っているのは鹿園のみだ。

俺の目には、利発そうで可愛い少年だと映っている。が、麻生の目には性愛の対象として映っているとわかっているだけに、リアクションに困っていた俺の前で、麻生は更に俺を困らせる行動に出始めた。

「こうして見つめていると、少年時代のあなたが蘇ってくるの〜！」

目をらんらんと輝かせ、鹿園に迫っていこうとする、そんな麻生と鹿園の間に俺はまたも割って入った。

「ちょ、ちょっと待ってくれ。麻生さん、もう、彼、半ズボンは穿かないからっ」

兄に対するのとはちょっと違うが、温室育ちの鹿園に、麻生のような茨の道を行くゲイの相手をしろというのは酷《こく》だろう。

下手したら麻生は鹿園に半ズボンを穿かせかねない、と慌てて麻生を押し戻した俺の背後で、またも感極まった鹿園の声が響く。

「それもジェラシーなのか？　大牙？」

「へ？」

一体何を言ってるんだ、と振り返った俺の前で、麻生が「えー」とブーイングの声を上げた。

「ちょっと大牙ちゃん、あんた、いつの間にゲイになったの？」

「ええ？」

何、と彼の発言に驚き、視線を戻した俺の耳に、兄の意地悪な声が響く。

「大牙は絶対、男いるよね。でもロシアンじゃないと思う〜」

「ええっ」

いきなり何を言い出したのか、と唖然とする俺の背後で鹿園の、

「そうなのかっ！」

という怒声が響く。

「嘘に決まってるだろう」

「えー、嘘だあ。お兄ちゃんに嘘つこうなんて、百万年、早いよう」

慌てて鹿園を振り返り、嘘だと告げた俺に、兄が意地悪く絡む。

「えー。トラちゃんもコッチの組なの？　彼氏ってどんな男よ。教えてよう」

「ちょっと大牙ちゃん、他に男いるんなら、あたしにロシアン譲ってくれてもいいじゃないのよう」

春香が面白がって騒ぎ、麻生が本気で俺に食ってかかってくる。

「違う！　男なんかできちゃないって！」

俺がいくら主張しても、なかなか騒ぎは収まらなかった。

「多分年上じゃないかな〜。そんでね、イケメン」

兄が、当てずっぽうを言い——当たっているのは凄いと思ったが——ねえ、と春香に相槌を求める。

「あんたも面食いだもんね」

春香が兄に呆れたように言い返すのに、

「えー、面食いじゃないよう」

と兄が口を尖らせる。

「あたしも面食い〜！」

ここで麻生が会話に割って入った挙げ句に、色目、としかいいようのない熱い眼差しを鹿園に注ぐ。

たじろぎながらも鹿園が俺の肩を摑み、

「男ができたのか？」

とそれは真剣な顔で確認を取ってくる。

「だからっ」

いい加減にしてくれ、と俺は大声を上げると、話題を変えようとして——というわけでもないが——鹿園に、そして麻生に、問いかけた。

「そんなことより、林というマフィアのジュニアの行方はわかったのか？」

「それが少しも……」

途端に、トーンが下がった鹿園の声に被せ、麻生の渋いバリトンが響いた。

「林は一旦、帰国したみたいよ。結局殺し屋とは接触を取れなかったみたい。突然の帰国は日本の警察に目を付けられたためじゃないかしらね」

「……どうしてそれを……我々の捜査線上にはまるで浮かばなかったというのに……」

鹿園が唖然とした顔で麻生を見る。

「これでご飯、食べてるんですもの」

麻生は鹿園に対し、胸を張ってみせたあと、シナをつくって彼ににじり寄っていった。

「よければこれからも、情報提供するわよ」

「あ、あの麻生さん、『一旦は』ということは、また林は戻ってくるってことでしょうか」

迫られそうになっている鹿園に助け船を出すべく、麻生に問いかける。

「来ると思うわよ。日本の闇社会への侵出は林の父親の長年の夢らしいから」

麻生はさも面倒臭そうにそう答えたあと、再び鹿園へと熱い視線を注ごうとしたが、そのとき俺の兄が思いついたような問いを発し、彼の注意を逸らした。

「ねえ、そういえば、Jなんとかいう殺し屋の所在ってわかったの？　その林とかいうマフィアが探してたんでしょう？」

「ああ、なんていったかしら。華門饒だっけ？　一体どんな人物だったの？」

横から春香も抜群の記憶力を発揮し、麻生に尋ねた。

「…………」

林のことも調べ上げていた麻生のことだ、華門についても調査は進んでいるに違いない。

ごくり、と思わず唾を飲み込み、口を開くのを待った俺の目の前で、麻生が残念そうに肩を竦めてみせた。

「それがちっとも。今、国内にいるかどうかもわからないわ。彼の過去も探ってるんだけど、ぶっちゃけ暗礁《あんしょう》に乗り上げてるって感じ」

「へえ、恭一郎にも調べきれないことってあるんだ」

兄が多分、悪気は一ミリもないのだろう、感心した声を上げたが、その発言は麻生の神経を逆撫でするものだったようだ。

「本当にあんたってば、性格悪いわねっ」

むっとした麻生が、イーと兄に向かって歯をむき出す。

「えー、なんでだよう」

突然の攻撃に兄もまた口を尖らせるのを、春香が「まあまあ」と宥める。そんな三人の姿を見ながら俺は、華門についての知識が得られなかったことに、残念なような、そしてほっとしたような、自分でもよくわからない感情を抱いていた。

「華門饒か……」

鹿園がぽつり、とその名を呟く。

「もしも彼が殺し屋のJ・Kだというのなら、一日も早く逮捕しないとな」

誰に言うともなくそう呟いた彼の言葉に、俺は一瞬絶句したあと、

「そうだな」

と頷いた。

絶句したのは言うまでもなく、おそらくそれは不可能だろうと思ったためと、もう一つ、逮捕などされてほしくない、という願いのためだった。

もしも鹿園が華門の行方を突き止め、彼を殺人罪で逮捕しようとしたとき、俺は一体どうするつもりなんだろう。

まあ、当分の間、そんなことは現実には起こり得ないだろうが、と密かに溜め息をついた俺の脳裏に、華門の顔が浮かぶ。

今、彼はどこでどうしているのだろう。日本にいるのかいないのか。

会いたいな——不意にその考えが頭に浮かんだことで、俺ははっとし、慌てて首を横に振ってしまっていた。

「大牙?」

「どうしたのお?」

鹿園が、そして兄が、突然激しく首を振り出した俺を訝り、問いかけてくる。

「な、なんでもない」

そんな二人を、そして二人の背後で、好奇心丸出しの顔をしている春香や麻生を、必死で誤魔化そうとしていた俺に対し、兄が無邪気に——どちらかというと無邪気を装った意地悪さで——再度絡んできた。

「あー、やっぱり大牙、男ができたんだあ。だからぼんやりしてたんじゃないのお？」

「きゃー、トラちゃん、恋してるの？」

「大牙、本当かっ」

春香が面白がり、鹿園がなぜか悲壮《ひそう》としかいいようのない声を上げて俺の肩を摑む。

「だから男なんかできてないって！」

そう言い返しながらも、実際のところはどうなのだろう、と心の中で首を傾げる俺の頭の中には、あくまでも謎の存在と言われていた華門の端整な顔と共に、彼が新たに教えてくれた携帯の電話番号が——おそらく、このあと築地のホテルに出向き、その部屋から俺がかけようとしていたその番号が浮かんでいた。

あとがき

　はじめまして&こんにちは。愁堂れなです。このたびは十七冊目のルチル文庫となりました『真夜中のスナイパー・汚れた象徴』をお手にとってくださり、本当にどうもありがとうございました。

　こちらは昨年三月発行の『暁のスナイパー・蘇る情痕』の続編となります。謎の殺し屋、J・Kこと華門饒と、もと刑事の探偵、佐藤大牙のコメディタッチのラブストーリーを、今回も本当に楽しみながら書かせていただきました。皆様にも少しでも楽しんでいただけましたら、これほど嬉しいことはありません。

　イラストの奈良千春先生、本当に素晴らしいイラストをどうもありがとうございました。毎度文字を載せるのが勿体無いと思うカバーイラストに今回も大感激いたしましたし、一枚一枚にドラマが感じられるモノクロも大感激でした！

　麻生の妄想を払う大牙や、几帳面にゴム手袋をつけて洗い物を生き生きと手伝う鹿園、吹けない口笛を吹くお兄ちゃんなどなど、もうもう、最高です！　今回も本当にたくさんの幸せをありがとうございました。次作でもどうぞよろしくお願い申し上げます。

　担当のO様にも大変お世話になりました。半ズボン写真がイラスト指定に入っていたのに受けました（笑）。これからも頑張りますので、どうぞよろしくお願い申し上げます。

ほか、本書発行に携わってくださいましたすべての皆様に、この場をお借りいたしまして心より御礼申し上げます。

最後に何よりこの本をお手に取ってくださいました皆様に御礼申し上げます。

殺し屋と探偵、そして愉快な仲間たち？　を本当に楽しみながら書かせていただいた本作、いかがでしたでしょうか。お読みになったご感想をお聞かせいただけると嬉しいです。心よりお待ちしています。

この『ＪＫシリーズ』（と担当様がシリーズ名をつけてくださいました。かっこいいですよね！）はまた来年、続きを出していただける予定です。どんな話にしようか、今からわくわくと考えていますので、よろしかったらどうぞお手にとってみてくださいね。

今年はルチル文庫様五周年ということで、五月開催のフェアにシリーズ第一作『暁のスナイパー』のショートをペーパーに書かせていただきました。一部のコアな読者様に人気の春香と君人のカップルのお話となりましたので、よろしかったらどうぞゲットなさってくださいね。

次のルチル文庫様でのお仕事は、七月に『罪なくちづけ』を発行していただける予定です。こちらは以前アイノベルズで発行していただいた作品で、『罪シリーズ』の一作目となります。文庫化を楽しみにお待ちくださっていた皆様には、大変お待たせし申し訳ありませんでした。

『罪なくちづけ』はデビュー作でもある、私にとって本当に大切な作品ですので、お手に取っていただけると嬉しいです。どうぞよろしくお願い申し上げます。

また皆様にお目にかかれますことを、切にお祈りしています。

平成二十二年四月吉日

愁堂れな

（公式サイト『シャインズ』http://www.r-shuhdoh.com/）

＊今回ページが微妙に余ったとのことなので、この「あとがき」のあとに鹿園視点のショートを収録していただきました。なぜ彼の家にフリフリエプロンがあったのか、その謎？が明かされます（オーバー・笑）。お楽しみいただけると幸いです。

部下の女性が結婚退職をするので、捜査一課一同から結婚祝いを贈りたいのだが、という申し出が彼女の同僚からあった。

反対する気はさらさらなく、言われた金額を出しながら、さほど興味はなかったものの何を買うつもりかを尋ねる。

「それがなんだと思います？　エプロンなんですよ」

「エプロン？」

そんなものでいいのか、と問うてしまったのは、課の全員から金を集めればそこその金額となるし、家電の一つや二つ買えるだろうに、と思ったためだった。僕の疑問がわかったのだろう、退職する彼女とは同期だというその女性は、くすぐったそうな顔になると、事情を説明してくれた。

「家電製品はもう揃ってるからいいんですって。旦那さんになる人と相談して、自分じゃ買わないようなフリルがたくさんついた高級なエプロンを貰おうってことになったっていうんですけど……」

と、ここで彼女が、また、クスリと笑う。

「なんだい？」

何が可笑しいのかと尋ねると、彼女は少し照れた顔になり、こそこそと囁いてきた。

「私が言ったんじゃないですよ。平野さんや坂本さんたちが、ふざけて言ってただけで……」

「ああ？」

平野と坂本というのは、若手の男性刑事たちだった。彼らが何を言ったのだ、と少しも想像がつかず問いかけた僕は、照れくさそうに告げられた答えを聞き、あ、と思わず声を漏らしそうになった。

「旦那さんと相談した結果、フリフリの可愛いエプロンだなんて、絶対旦那さん、映子《えいこ》に『裸エプロン』やらせるつもりだろうって」

「…………」

裸エプロン——馴染みのそうないその単語を聞いた瞬間、僕の頭に浮かんだ映像があった。

「ご、ごめんなさい。鹿園さん、こういう冗談、嫌いですよね」

己の想像に没頭するあまり絶句してしまったせいか、事務の女性はバツの悪そうな顔になり、言い訳をしながらそそくさと僕の前を辞そうとした。

「わ、私が言い出したんじゃないですよ。平野さんと坂本さんが……」

「別に嫌いじゃないよ」

慌てて彼女を引き留めたのは、堅物と思われたくない――という理由ではなかった。

「それより、どんなエプロンを選んだのかな？」

「え？」

僕の問いかけを聞き、事務の女性は少し驚いたような顔をしたが、すぐに手にしていたカタログを開き、「これです」と見せてくれた。

「………………」

確かに、たかがエプロンに対し、自分では購入を躊躇うであろう値段がついているそれは、幾重にもフリルのついた可愛らしいものだった。

「ありがとう」

あまり見つめていると、それこそ退職する事務員の『裸エプロン』を想像していると思われる危険がある、と僕はすぐにそれから目を逸らせると、出来る限り自然に聞こえるようにと心がけつつ、カタログを閉じた女性に話しかけた。

「実は僕の学生時代の友人も今度結婚するものでね、サプライズにプレゼントを贈りたいんだ。同じエプロンをもう一つ、買ってもらえないかな？」

「え？　いいですけど……？」

訝りながらも頷いた彼女に、一万円札を三枚渡す。

「多すぎますよ」

おつりを、と慌てる彼女に「手間賃だよ」と返しながらも僕は、弾む心を抑えることができずにいた。

裸エプロン——いつの日にか、あのエプロンを『彼』につけてもらいたい。そんな野望があの画像を見た瞬間、僕の中で生まれたのだ。

想像の中で彼があのエプロンをつけ、恥ずかしそうに頬を染めている。

『なんでこんなこと、しなきゃならないんだよ』

ぶつくさ言いながらも素直に素肌の上に白いフリルのエプロンをつけてくれた『彼』が——大牙が、僕を上目遣いに見る。

可愛い——と思わず抱き締める、クロスにエプロンの紐があたるその背は剝き出しの肌だ。剝き出しなのは背中だけじゃなく——と、手を下へと滑らせる。

『やだ』

形のいいお尻を摑んだ僕の耳元で、大牙が恥ずかしそうな声を上げ、身を捩らせて——。

「あ、あの、鹿園さん？」

想像の世界にどっぷりと嵌っていた僕は、名を呼ぶ声にはっと我に返った。

「これ、おつり……」

目の前にはさっきの事務員がいて、律儀にきっちり用意してくれたらしいお金を手に呆然とした顔をしている。

「よかったのに」

別に頭の中を覗かれたわけじゃないが、それでも照れくささを感じつつ、お金を受け取ろうと手を出した、その手にぽつん、と赤いものが滴った。

「え」

「鹿園さん……鼻血、出てます……」

大丈夫ですか、と慌てた様子でティッシュを差し出してくる彼女が、今までの彼女とのやりとりを聞いていた周囲の人間が、訝しげな目を向けてくる。

「大丈夫。ちょっとのぼせたみたいだ」

休んでくる、と彼らの視線を振り切るべく僕は部屋を出た。

「本当に大丈夫ですか？」

「どうかお大事に……」

口々に労りの声をかけてくれる彼らには、僕が『裸エプロン』を想像して鼻血を吹いたと見抜かれたかもしれない。そう思うといささか憂鬱ではあるが、真実だから仕方がないな、と肩を竦めた僕の脳裏にまた、裸にエプロンを身につけ恥ずかしそうにしている大牙の姿が浮かんだ。

「……う……」

少しも止まる気配のない鼻血を、ぐっとティッシュを当てて押さえる。

いつの日にかあのエプロンを必ず、大牙につけてもらいたい。できれば裸が望ましいが、最初からそれは無理だろうから、徐々に慣らせていく感じでいこう。

最初の一歩はいかにして自然に彼にあのエプロンをつけてもらうかだ、と鼻を押さえながら必死で考えを巡らせる僕の胸はそのとき、新たに生まれた密かな野望に燃えていた。

✦初出　真夜中のスナイパー　汚れた象徴…………………書き下ろし
密かな野望………………………………………書き下ろし

愁堂れな先生、奈良千春先生へのお便り、本作品に関するご意見、ご感想などは
〒151-0051 東京都渋谷区千駄ヶ谷4-9-7
幻冬舎コミックス　ルチル文庫「真夜中のスナイパー　汚れた象徴」係まで。

RB 幻冬舎ルチル文庫

真夜中のスナイパー　汚れた象徴

2010年5月20日　　第1刷発行

✦著者	愁堂れな　しゅうどう れな
✦発行人	伊藤嘉彦
✦発行元	株式会社 幻冬舎コミックス 〒151-0051 東京都渋谷区千駄ヶ谷4-9-7 電話 03(5411)6432[編集]
✦発売元	株式会社 幻冬舎 〒151-0051 東京都渋谷区千駄ヶ谷4-9-7 電話 03(5411)6222[営業] 振替 00120-8-767643
✦印刷・製本所	中央精版印刷株式会社

✦検印廃止

ISBN978-4-344-81969-6　C0193　Printed in Japan

「幻冬舎ルチル文庫」
大好評発売中

発行●幻冬舎コミックス　発売●幻冬舎

愁堂れな
［暁のスナイパー］
蘇る情痕
イラスト
奈良千春
560円(本体価格533円)
探偵の佐藤大牙は、警視庁捜査一課の元刑事。ある日、殺し屋だという男に銃口を突きつけられる。華門饒と名乗った殺し屋は、大牙を含む四人の殺人依頼を受けたが、依頼主が他に同じ依頼をしていたと知り、大牙を殺さず去る。過去の事件に関係が、と調査する大牙の前に再び華門が。迫力ある華門に流され、身体の関係を結んでしまう大牙だったが!?